我的心事不容許你參與

楊寒——著

由「不確定」進入「確定」：楊寒詩新變小識

余境熹

多年前楊寒（劉益州，一九七七—）寫過〈時間〉一詩：

有些乾渴的慾望我可以
想見，而且將眉毛臨著午後的水湄
部份的話語還來不及記憶
陽光用蹣跚的腳步，遲疑

猶豫然後完全撤退
至彼岸；

我遂在岸邊坐了下來，靜觀葉影在
草原散步，有一定的時節
將空間中某種哲學扭轉成絲藉以垂釣
水蚊自漣漪處飛起，離開
夏季已經完全離去了，聲音我聽得見
感覺右腦微微麻痹提醒我血栓的病史
時間不斷發生，我
僅能以日餘最終的思維垂釣生命
；發現
一些依然憂鬱的事

我遂在岸邊坐了下來
夕陽在兩岸之間輝映

> 現在時間依然，處於半靜半燥時間的流裏
> ；岸邊，有垂釣者的影子

詩寫內在的慾望、記憶，外顯的默坐、觀察，其情其狀，宜可感知，配合時間推移的彰彰明示，詩之意涵，彷彿不難把握。可是正如筆者標示的，詩中的許多名詞都帶有濃重的隱祕性——「有些慾望」究竟指何種的慾望？「部份的話語」抽選了哪一個部份？「一定的時節」，該看作春夏或者秋冬？「某種哲學」，究竟是思想界的哪一學派？而「一些憂鬱的事」，又是何事？因何憂鬱？擺蕩在「藏」與「露」的兩端，此詩確頗得「兼間」（metaxy）之趣，「半靜半燥」，而楊寒詩之「不確定性」，無遺表露，表露無遺。

創作《巫師的樂章》、《與詩對望》時的楊寒，還喜以歐化語法割裂人對文字符碼的熟識感，喜以亂碼與密碼佈下所指缺席的迷宮，喜以分號傳達句與句、行與行的雲連而嶺斷，偶爾也在全詩之末突兀綴一分號，而「開放式結尾」於焉成矣……，凡此種種，或限制讀者直探詩旨，或激發其人自作想像，而楊寒的作者意圖，他的心事，實不允許旁人參與。

恰恰相反，楊寒新作以《我的心事不容許你參與》為書題，內分五卷，

恢宏處，欲「開抒情之法眼」、「還現象之本然」，細膩處，願「逗浮生之妙趣」、「窮情理之幽微」，彷彿卷卷所書，皆以「彰示」為要，與書名所示，迥然有異。在〈八月十三日蘇花公路見太平洋〉中，詩人更喊出「我們必然有金黃色的黃昏／閃耀在整個西太平洋，我們確定」的強音，聲言「旅程的種種可能」他已安然渡過，生命輝煌，「必然」不再悲涼——所指之穩定，應難為熟讀《巫師的樂章》者所逆料。

甚至乎，當言：「確定」一詞與楊寒新作形影不分，如落花般撒遍了每個角落——「我確定生命的存有，在夏季」（〈盛夏〉）；「而有些悲傷確定已經成為過去」（〈給未來的自己〉）；「結構和聲音都被確定了」、「和星空下的時光被確定下來」（〈詩／形構〉）；「但確定是我的真心」（〈在每個出口的地方出口〉）；「確定我是消失的星星」（〈替換〉）；「你猶疑，但應可確定一個方向」、「我的中途，我確定在地圖上標明的方位」（〈中途〉）；「結構和特徵都確定了」、「但是，這一切已經確定」（〈芙蓉學派的誕生〉）；「曾經戀眷或憧憬的現在，確定／都已陌生」（〈告別〉）……〈蘆葦地帶〉組詩，一言以蔽之，「妳」**確定**知道「我」愛「妳」，「我」卻**確定**：「妳」不愛「我」——詩家的心事，何其清晰！

由「不確定」走向「確定」，楊寒的詩容讓人更深地把握、更多地參與。

由「不確定」走向「確定」，這是楊寒詩數種「新變」中的一種。我歡迎這種「隱」「顯」相追、如「飲世界之太和」的新變，且認為若況之於哈羅德・布魯姆（Harold Bloom, 1930-）所言的「自我誤讀」中，實可以視之為一種「遲到的完成」，是一種更新讀者感覺的藝術創造。

我在二〇一〇年十月一日初識楊寒，月底，楊寒赴港出席我所籌辦的「黃河浪文學創作國際研討會」，貽我以《與詩對望》諸集，讀之大喜，而憾其在二〇〇三年以後，未再將詩付梓，因先撰鄙論〈楊寒詩歌印象〉，以為鼓呼，復襄助其整編詩稿，以饗讀者。高度評價楊寒詩者，前已有「詩壇火車頭」張默前輩等，今又有名家如雲，為楊寒新集撰序，析說透闢，光可鑒人。小子無識，惟綴所願於此：我期待楊寒在詩界續有創獲，如期待島嶼文學因風而再無疆界。

余境熹
東亞細亞文化研究中心祕書
二〇一一年十月十八日

我的心事不容許你參與　008

在說與不說之間

——序楊寒詩集《我的心事不容許你參與》

向陽

詩，是石頭嗎？
有時候是……
但有時候，我不說，難道就不是了？
——楊寒〈詩／形構〉

楊寒，台灣「六年級」詩人，著有《巫師的樂章》、《楊寒短詩選》、《與詩對望》等詩集，他就讀東華大學中文碩士班時開始發表詩作，表現了他異於同年代青年詩人的強烈個人特質：一種兼具熱情與冷靜的思辯傾向，以及微帶憂鬱、沉思的內在性思維。透過作品，使他很快就獲得詩壇的肯定，曾獲優秀青年詩人獎與創世紀五十週年詩創作獎等重要獎項。他的詩，出於抒情，又能跳出抒情之外，探問現象之存有、時間之層次，而總綰於詩的形構之中，表現出一個青年詩人對於生命意義的探問及究詰。在台灣年輕詩人的後現代書寫主流下，他的詩宛如一個異數，一冷硬的石頭，堅持著現象學大師胡塞爾（E. Husserl, 1859-1938）所稱的「互為主體性」（intersubjective）（或譯「主體間性」）的主體意識，不為時潮所動，不為詩風所動，在詩的抒情表象之後表現他特有的沉思。於是，詩成為他內在的、本我的領域的展示，詩是石頭，表面所見的石頭，但也是不被「所見」的石頭，在說與不說之間、在顯現與不顯現之間、在公開與私密之間、在同一與差異之間，詩的多重樣態（一如石頭的多重樣態）方才齊備而足以探微。

楊寒這本詩集《我的心事不容許你參與》，計收「開抒情之法眼」、「還現象之本然」、「逗浮生之妙趣」、「窮情理之幽微」與「飲世界之太和」等五卷，依照卷序主題，可以很清楚看出抒情、現象、浮生、情理與世界等五個書寫題材。表面上看，這無非詩集作品主題的呈現，可能並無必然關聯。但如就五卷內容細看，則又相互呼應、互為腳注，通過不同面向，試圖闡發詩人對於生命與存在的意義探究。從現象學的認識論看，詩人一方面意圖透過認識本我的身體、感官、意識，認識並詮解外在世界的現象；另一方面則又試圖透過既存的現象的書寫，來表現「我」所認識的現象之顯現與不顯現的面、面向與輪廓。因此，這五卷之間，產生了流動的、互文的混合狀態。一如我們觀看一顆石頭，假設它有「抒情」、「現象」、「浮生」、「情理」與「世界」等五面，我們實際觀看到的，都不可能是全面性的，因而是片面的現象；但只要我們轉動石頭（或移動身體），則可觀看到原來不顯現的面，原本顯現的面雖轉而不見，但仍可通過記憶（或回憶）加以連結，而成為這顆石頭的總體（顯與不顯、實在與潛在、識與不識）。換句話說，這五面，作為主題分類，或作為現象分類，都有意無意地彰顯了楊寒融現象學於詩學之中的企圖。

以哲學思維入詩，這是楊寒異於同年代詩人的特質之一。而此一特質，又特別表現在詩集卷二「還現象之本然」所收十首詩作之中。卷首詩〈現象〉討論外在物象的多層次時間面向：

曾經歷過的，漸次轉移至
已消失的星座後方，在早期
辯證過的思維逐漸拔高
那些你有的我也將要有
證明一切都是無法抗拒
：時間的敵意
我們失去了最初的原貌

選擇主要，排除次要的
在時間中證明一些固執
意識在你我積極的構圖裡熠熠發光
我預見這次的儼然，用
最寂靜的一刻來述說
述說那些：
愛、真以及美善

你我視域裡最誠摯的現象

空間至四方逼至
這是我們預言過的一刻
先來的，後到的
都依序投設自我內心
感受屢屢未曾預料的恍然
情感如風中的落葉，狂喜，暴怒
或僅追尋一種尖銳的追尋
我曾經懷疑
但此刻是
最寂靜的一刻：
我們的時代正在逝去
也正在構築我們的未來

此詩觸及現象學最常被討論的「時間」課題，從現象論，時間是流動的、不居的，但同時又是具有不同指涉的層次的。現象學將「時間」分成「世界時間（world time）」、「內在時間（internal time）」與「內在時間意識（the consciousness of internal time）」這三個層次。楊寒在這首詩中幾乎都觸及了。作為客體時間，世界時間是刻板的、具有準確刻度，逝去就不再回來，萬物（連同我們的青春）在世界時間中必然腐化、逝去，使「我們失去了最初的原貌」，這是本詩首段的寓意。

然則，在世界時間之外，還存有私己的「內在時間」，透過我們的記憶、想像或預期，它自有「主要的」與「次要的」、先前的與未來的次序，不為世界時間所界定、所拘限；而「內在時間意識」則是人對內在時間的察覺與選擇。本詩第二段以「選擇主要，排除次要的」來展現這種內在時間的存在；進一步又以「在時間中證明一些固執／意識在你我積極的構圖裡熠熠發光」闡明「內在時間意識」的力量。詩的末段，以「風中的落葉」象徵世界時間與內在時間的雙重消逝，但內在時間意識則是「此刻」，當下，「最靜寂的一刻」，成為終極，成為最後的界域，凝定不動——這首詩，可說是以詩詮釋現象學的一首佳作，也可說是現象學和詩學的互文本。

〈現象〉詩之外，〈時間〉也是一首可以用現象學融通的詩，比較起來，〈時間〉通過「依序輪迴的十二個時辰」來暗示現象的變化無窮，也通過「紫葡萄在不遠的莊園抽芽」、「陽光驅趕室內的掛鐘」、「白色蝴蝶沾黏上／粉紅色的玫瑰」、「而陽光，正在你的髮間，嬉戲。」等自然現象的排比陳列，象徵時間與現象之間的流動關係，這些自然現象是客觀的存在，卻是依靠主觀的內在時間意識方才鮮活起來，並且足以召喚那些在世界時間中曾經存在的、以及即將發生的現象的連結——詩，何嘗不然？詩以具體的物象（那些日常存在的、人人可以看見的）徵顯我們的內在性及其意識，時間的力量（如詩句「虛構一些彼此凝視的時間／讓我活在你的文字或日記裡」）才具有義意。

在這裡，我看到了一個青年詩人，如楊寒，的深刻思維和細密邏輯，來自胡塞爾，而顯出了自身對於生活現象的體悟。

從另一個層面來說，現象學的「當下（the living present）」，指的也就是這樣的體驗。當下被視為任一個時刻的整體時間。當下即是永恆，正是此義。佛家也強調「活在當下」，這是內在時間意識的凝定、專注。楊寒在另一首詩〈給未來的自己（一）〉中有這麼一段：

但此刻，你安靜
等待你的季節風轉向
即使天空多麼陰鬱，但這個城市必然也有陽光
斜灑在某座教堂，某條街
你總會遇到，那個想見的人。

你會擁有一個不再危殆不安的宇宙
而那個人，現在
是你的宇宙

「那個人，現在／是宇宙」，是模稜兩可的語態，既指「那個人」，也指「現在」，是宇宙。

此卷中的〈抒情〉一詩，試圖透過「文字，符號都有它們的註腳」來探問現象和意識的關聯：

你嘗試將抽象的——
具象化為夏天的響音，那些日光曾經垂憐的草原
記憶是水湄上的蜻蜓停留在蘆葦，你看見
你看見璀璨的姿態，生命枯榮，綻開
我們的憧憬，你嘗試演繹一首歌曲的誕生
你嘗試——

這其中你可以剝離些什麼出來？

文字，符號都有它們的註腳了
而你的註腳呢？
讓當下的流水停滯在你的意識裡，有什麼讓我操心了些
關懷了些，想必你聆聽音樂時也會念起我的不安
彼此的血脈幻化為抽象的意識
我嘗試將具象的——
抽象化為意識的風景，重新編織

並且對你訴說：
現在，過去，未來……

………………

我躊躇不安地，看著夏日的光影
在窗檯嬉戲；

楊寒在這首詩中，以「我嘗試將具象的——／抽象化為意識的風景，重新編織／並且對你訴說：／現在，過去，未來……」，借「當下」所見凸顯時間的整體。整首詩結束於「我躊躇不安地，看著夏日的光影／在窗檯嬉戲；」之後則是空白，顯現了語句的不完整，詩的「未濟」——這暗示了甚麼呢？

我們不妨先看胡塞爾在論及人的知覺與當下之關係的這段話：

倘若我們僅只抽象地考慮知覺，我們發現他的意向性成就在於當下呈現，讓某個事物呈現於現在：物件讓它自己「在那裏」，原本在那裏，現在。但是，在此一當下呈現之中，作為其來有自且將繼續存在的物件，存有一個我仍然意識到的連續體（temporal continuity），已經流逝而不再直觀得到的「回顧」(retentions)的連續體——以及，在另一端，有一個「前瞻」(protentions)的連續體。

詩中末句，「在窗樓檯嬉戲」，呈現的正是剛剛消逝的當下，接下來「；　」則是持續中的當下經驗的回味以及對未來的想像。用胡塞爾的講法，「夏日的光影╱在窗檯嬉戲」是當下時間的「主要印象」（primary impression），「；　」是當下時間的「回顧」（retentions）與「前瞻」（protentions）。這三者，於是共同構成了當下時間的總體，它既是現在的，也是過去的與未來的。這首詩，前後呼應，貫串的，正是當下時間性的連續體的呈現。楊寒卷二諸多詩作，扣合在胡塞爾現象學的時間概念有上，如是妥貼，如是精準。從這裡，我們看到詩人楊寒現象詩學的具體存在。

在我來看，卷二之外，「開抒情之法眼」、「逗浮生之妙趣」、「窮情理之幽微」與「飲世界之太和」等四卷詩作，縱使書寫內容、題材稍有小異，但整體上不脫離對當下（時間）事物（現象）的反覆探索、不斷究問。卷一「開抒情之法眼」收有〈蘆葦地帶〉系列詩作九篇，〈盛夏〉系列三篇，表面上這卷都在抒情，實質上仍是圍繞在當下情境的捕捉，留存當下，延續當下的時間意識之上，進而發揮。表面上看，這是延續了抒情傳統的抒情之詩，但在楊寒試圖捕捉當下所見的現象，進而突出現象之本質與存在的思維之中，已經超越了抒情傳統的刻版格局，而呈現了時間的某種哀傷、遺憾，與夫凝定。消逝的當下，消逝的情愛，仍然纏綿地纏繞在時間的老樹之上；並且，在日升月落的原野中透過回憶來延續它的存在。其他各卷，也可如是觀。

我很高興看到楊寒在這本詩集中展現的新氣象。他跨出了自己的格局，也跨出了抒情傳統的格局，通過現象學的啟發（以及暗示），他向二十一世紀的台灣新詩壇宣告了一個「現象詩學」的可能——超越象徵詩學的唯象徵論，他從日常生活的細微處（愛情、生活、現實、情理、世界）發現了現象事物的深層肌理，也找到了當下時間的永恆持續。他通過不同素材的書寫，究問時間的印記及其存續，進而使得他的詩不僅止於現象的描述、意象的標舉，還鏤刻了心象（內在時間意識）的深化。這使他的詩因此異於同年代與前行代詩人，顯映了一個具有哲學思維的詩人的臉顏。

詩是石頭嗎？詩是石頭。詩是表面可見的石頭，也是側面與背面不可見的石頭，《我的心事不容許你參與》，在說與不說之間、在顯現與不顯現之間、在公開與私密之間、在同一與差異之間，已經透過當下時間的捕捉，將詩作為現象，以及現象作為詩的多重樣態表現得淋漓透徹。

抒情的在場

嚴忠政

我們棲居的地方，是否還有一種足以充飢的遠古蕨類，像情人那樣的草本植物，提供我們必要的覓食與憂傷；我們一個人的王土，是否還有一種蘆葦，祕密守候水草的心事。如果有，這個情人必然是從《詩經》裡走出來的，走過水湄，又走到楊寒的詩裡。

楊寒的《我的心事不容許你參與》從一系列（九首）的「蘆葦地帶」開始，每一首都帶著可望而不可即的憂思，反覆在抒情地帶飄搖，在醒著與睡意的邊緣，時而透明，時而寂滅；說它有話要說，又低迴寄物，不到最後，不輕易說出去留。特別是從〈蘆葦地帶1〉寫到〈蘆葦地帶8〉，愛與不愛都陷於不能確認的情境，但楊寒還是都以「我愛你。」作結。這樣的義無反顧一直到〈蘆葦地帶9〉，楊寒更在所有愛情場景面臨地形消蝕之後，才確定自己是最後的徘徊——雖然「你並不愛我。」我仍然寫下這些有意義的姿態，「計算自己生命中的劫數」。讀到這裡，那些無悔的、久違的痛楚，——從河岸數十里外，折斷蘆葦而來。

讀楊寒的詩集，我們還可以發現許多名物的「在」與「不在」、「有聲」與「無聲」都不必然建立在地圖的方位，而是建立在特殊視域。例如〈蘆葦地帶2〉：

此刻，蘆葦在夕陽裡飄搖
河水流動，彷彿敘事那些因你
微笑而凝滯的風景
因你微笑，此刻
沒有時間
沒有空間

詩中，時間與空間因為你的「微笑」而凝止，不但時間不再是一個物理學可測量的時間，空間性也另外有了新的領會。在這裡，不管是「微笑」，或是像〈我，我應該要整理房間的〉這首詩裡的一隻「不願透露姓名的小蟲爬過桌面」，此類作者所關切之物，按海德格的說法，它們都是「此在」關切的結果，這讓它們的存在成為一種「環視」（或譯作「尋視」），若非作者關切之物，自然不具有「空間性」，就像詩中的某種「微笑」只在詩人的意識下產生意義。又例如戴在鼻樑上的眼鏡，在客觀距離上比詩人當時看到的「小蟲」還要來得近，但是以當時的「環視」卻只看到「小蟲」，眼鏡並不在視域之中。更何況，「微笑」和「小蟲」它們可能都只是「此在」的一種存在建構，事實上並不真實具現。這雖然是西方文論的說法，但若放到詩歌的抒情傳統而言，其實也是一種內心自白。

「內心自白」和「音樂性」是抒情詩的兩大要素，而這二個要素同時也一直貫穿於楊寒的整本詩集之中。透過文字的音響組合，內心自白更容易被音樂描述；透過語法的長短參差，我們更可以讀到一切想望如何從容、節制。甚至個人弦音的發端與斷想，收斂與綿長都與詩的音樂性有關。

接著，讀者準備如何來「參與」這本詩集呢？詩人明明說是「不容許你參與」，難不成我們要強索哀愁。我想，不擅於滔滔雄辯的詩人，大概也只能以這樣的姿態尋求「隱含讀者」，希望以「反話」召喚讀者。因為，你和詩人也可能有過〈紫色的約定〉：

> 你也曾經是我的故事，那些綠草地上的小紫花
> 陽光是細細碎碎的可能，讓貓過敏地竄出回憶
> 而我們也可能，離開我們的回憶相當久
> 越過文字與夢的邊界，情節
> 一些故事，翻過了就不會再閱讀

所謂「情動於中而行於言」，從上古漢語到現代的參與，抒情的在場已經是一個傳統。按著這樣的弦音，其他的詩，讀者可自行踏和。大抵楊寒的詩，格調謙敬，沒有一字狎褻；應聲合諧，像君臣鼓瑟宴飲。說它是現代版的風雅，也無不可。

嚴忠政

目次

003 由「不確定」進入「確定」：楊寒詩新變小識／余境熹
009 在說與不說之間
——序楊寒詩集《我的心事不容許你參與》／向陽
023 抒情的在場／嚴忠政

卷一 開抒情之法眼

037 蘆葦地帶1
040 蘆葦地帶2
043 蘆葦地帶3
046 蘆葦地帶4
049 蘆葦地帶5
052 蘆葦地帶6
056 蘆葦地帶7

我的心事不容許你參與　028
059　蘆葦地帶8
062　蘆葦地帶9
067　多洛莉絲，你必然是南方我所陌生的神祕
069　盛夏——給Y．Y．
072　盛夏——給S．T．
075　盛夏——給Y．S．
077　在廣袤中，芊芊
080　在時間裡，芊芊
083　今日，不宜
086　等你下課
卷二　還現象之本然
091　現象
094　詩／形構
096　——的本質是一種逐漸的死
099　時間

101 給未來的自己（一）
104 給未來的自己（二）
106 道歉
109 原諒
111 抒情
114 玫瑰的意義
116 芙蓉學派的誕生——仿楊澤〈薔薇學派的誕生〉致S．T．

卷三 逗浮生之妙趣

121 我們宅，我們對自己的宅致意
123 咳嗽——給S．T．
125 我，我應該要整理房間的
127 如果失戀了又怎麼辦
129 我們總有一部份是肥胖的
132 我們書寫的是我們的缺乏
134 我們有悲傷的認證嗎？

136　我的心事不容許你參與
139　記得你曾說過想養麝香豬
141　你的生命總有某些悲憫存在
143　成為陌生人
146　死後書
148　有人
150　她說我愛得太苦，不如去跳大甲溪
153　如果我是你的輸贏，我認輸
156　如果
159　大黃蜂的飛行
162　最初的斑斕
165　爸爸，我回來了
167　一首很強的詩

卷四　窮情理之幽微

171　紫色的約定

174 請眼神不要那麼悲傷
177 彷彿
180 讓我們是蝴蝶
183 懷人二首
185 與你對坐
187 替換
189 晦澀
191 故事——給失眠的S．T．
193 前進
196 中途
200 祕密
202 那些年的錯過
205 在每個出口的地方出口
207 先後自大門口出來——致小框
209 可能
211 我有憂傷
213 告別（一）

216　告別（二）
219　佛前
221　你的練習
223　你總會有情人的

卷五　飲世界之太和

229　哪日我們一起去撿松果
231　你知道我家的松針牡丹開花了嗎？
234　花蓮，北濱的燈塔，二〇一一
236　八月十三日蘇花公路見太平洋
239　八月二十日，台中市黎明路
242　二〇一一、告別、高雄
244　南方澳，二〇一一
246　初鹿牧場，二〇一一
248　二〇一一年七月二日北上高速公路所見
251　玻璃瓶

252 桌墊下的老照片
255 七夕命題，二〇一一
257 挨過七夕
259 七夕不雨
261 後記　我們無法理解到詩的心事和我們的心事

卷一

開抒情之法眼

蘆葦地帶1

那時夕陽正迎風展開
我離開有你的城市，不遠

河水流過低垂的蘆葦
留下一些枯黃，有什麼該等待
有什麼該追隨夕陽消散
我視域裡升起的祕密風景，閃耀
橘紅色的光：
無限大的廣漠裡，有誰正焦慮著？

我拿起iphone重新檢視地圖的方位
並試圖捕捉夕陽，那時夕陽正迎風展開
我離開有你的城市，
俯耳傾聽，此刻

沒有鈴聲喚起彼此的聯繫
四周安靜無聲，我指間
時光的方向停滯
讓蘆葦因夕陽而低垂
而我在俯仰之間謙卑地讓自己的靈魂彎腰

我正離開，你是遠方一點隱約是星辰的樣子

你是遠方一點隱約是星辰的樣子
我想見到的不僅是蘆葦的蒼茫
更是那在粼粼水面上，你可能發光的樣子

啊，我的心志竟如此忐忑不安，在月亮尚未照滿
潮濕與蘆葦的河面
此間，必然有水鳥棲息，我想像星光依舊如遠方
你閃爍低語，喚起夜晚和翻開歷史的曾經
而我知道
明天蘆葦依舊在城市外圍的水邊，供
水鳥嬉戲而隱藏一些愛情
讓我在靈魂的哭聲中駐足

蘆葦地帶，我知道
此刻；我見不到你
但我等待，因為
我愛你。

（二〇一一年七月三十日）

蘆葦地帶2

此刻天地屏息，唯有
蘆葦暗自點頭抬頭
確認情感的有無，我對你說：
夕陽在我的視域裡就定位
敘述你美麗的風景，
想像
你就這樣站定，擋住
時間的去路
讓我的衰老凝固。

你就這樣站定，
我會心理解，那些生命的
飄搖只為讓我此刻等待
蘆葦在夕陽中開放它們的姿態
而我也渴望理解你的隱晦，在
宇宙幽暗深處乍放光明的
燦爛，天使在祕密歌頌
虛實有無之間，我彷若就
這樣看見你
留下一些回音和過往，然後
我也這樣站定，與你共同
在宇宙時間中找到一個定位

此刻，蘆葦在夕陽裡飄搖
河水流動，彷彿敘事那些因你
微笑而凝滯的風景

因你微笑，此刻
沒有時間
沒有空間
只有你的笑聲。蘆葦
微微點頭
看見星辰在我們意識之外，運行
觀照靈魂的美好；屬於你的
美好

此刻，就天地屏息，唯有蘆葦低頭
躲避你，歌頌你，或象徵與敘述你
此刻，想像你
就這樣站定，聽我對你說：
我愛你。

（二〇一一年七月三十一日）

蘆葦地帶3

那時相較於大規模的蘆葦
必然有什麼在訴說寂寞
有聲無聲，在惺忪的睡意邊緣
證實那些相愛恨的真實

我聽見
你的笑語彷彿追溯那些
祕密的根源，在蘆葦地帶
水鳥與游魚的棲息
此刻；夜已深

讓我想像你星光下的活動
在時間裡開放你的美麗
而蘆葦搖曳；

彷彿天籟的具象，在蘆葦搖曳間
形塑一些波浪的消長，我們
彼此的愛與悲傷隨時間
起伏消散，在睡與醒之間
在意識逐漸悲傷或透明的寓言裡
必有什麼在訴說過往，假如
我們也有過往
任憑時光在此間冷冷的蘆葦地帶流動
有聲無聲，星光巡梭
交會，讓我也想像你的笑語
如風切過蘆葦
瑩光點點於水面，斷然讓我

想接近那些積蓄美的姿態
祕密的根源，在蘆葦地帶
有足夠深淺的水量試探我們的溫度，
看見星光在此間折衝盤旋彷彿
明天的陽光彷彿天籟的具象

讓我想像你星光下的活動
在時間裡開放你的美麗
有聲無聲。在蘆葦地帶
你可能聽到，我說：
我愛你。

（二〇一一年七月三十一日）

蘆葦地帶4

我們也會遺忘一些過往，假如
我們確然經歷一些短暫
不再經營的記憶，
彷彿是
童年的蘆葦折斷在
風中——
蘆葦地帶，蘆葦在風中纏綿
並悄悄蔓延一些悲傷
讓此後沿著河岸數十里都充滿

枯乾的金黃，掩蓋住
愛與愁的祕密

如果，我不再沉湎那些
你對我好的往事，
疲倦的夕陽裡，連蘆葦都
疲憊不堪地離開自己的顏色，
讓青春褪色而蒼老，
不會有人
見識我文字裡的蒼茫

我們注定會遺忘，我悲傷如
風中折斷的蘆葦

我悲傷如
風中

折斷的蘆葦，在
水湄深處，你還見我兀自
立著，立著——

立著，立著——
那是為了什麼？
那是因為
我愛你。

（二〇一一年七月三十一日）

蘆葦地帶5

可能有什麼我不知道……
在點點群星壓低的天空下
蘆葦蒼茫，招來
風的駐留
誰又能夠確定我的去留

蘆葦地帶，有人
徘徊再徘徊，醒或夢，誰
又能分辨

一些情事可能發生或完結
帶著一路哀愁自蘆葦地帶的風中唱歌
風中走來
不斷縈繞整個太虛的黑暗
我是風中的蘆葦
白了什麼樣的愁
枯瘦了誰的身子

確定有人在北方說些什麼，
牽掛或者不再
牽掛。分辨
蘆葦地帶中的祕密情事，
看見生命在四季的循環與起落
讓蘆葦確定彼此只能擦肩而過的種種哀愁
但誰又能夠確定我們的未知——

蘆葦地帶
有人白了愁
枯瘦了身子

有人，有人
確定是我
讓風屢屢以蘆葦擦傷我的身子

蘆葦地帶，我
徘徊再徘徊

可能，有什麼
我不知道
但你確定知道：我愛你。

（二〇一一年八月二十三日）

蘆葦地帶6

試問蒼蒼蘆葦為何迎風，招來
許多無由來的灰暗而我心中恐怕也
有些陰影不知去向，是偶發的
疾病在意識裡渲染開來

如蒹葭搖曳千古，有些生命就成為
凋零的殘缺或
堅持一生的枯萎，同樣
搬演時間裡無奈的劇情

而我看見
白鳥慢飛離開
真實的水域，以致
獨處虛無；

以致，獨處虛無；

別讓我遭遇那些故事中相逢的錯過，
當大黑暗逐漸佔據彼此的心神
天冷水寒而此處少有
人蹤。關於敘事裡的虛無
與存有，生死如水蚊渡過這個夏季，試問
我怎麼能夠書寫？
我疲弱的身子怎麼能夠避開風的可能
招來許多有無虛實的怨恨

聽見有人神色匆忙避開如蟬翼透明且悲哀的暮色
在重來的水域，有人
執著於過去，並假設未來

如果我也能看見你；

如果我也能看見你，別讓我遭遇那些
虛無的風僅掠過我的心神，佔據
那些表情最接近虛無的神似，天
是暗了下來，水域冷清
而蘆葦依舊
迎風在憂傷的曲調中呼應
心的律度，逼迫我想你的
長久記憶，卻又寬容
以迎。

寬容以迎。
關於，
你所知道的：
我愛你。

（二〇一一年八月二十六日）

蘆葦地帶7

所有的風都像在嘆息，
在悲涼的水域逼迫白鳥橫切過
黃昏，我悲觀如蒼白蘆葦花在
封閉的敘事裡無力演繹
飄搖的情感渡過時間的渠道

所有的風都像在嘆息……

讓大敘事的蘆葦重現早期
的初遇，靈魂正對晨曦
而朝露燦爛如想像

有些事已經發生
而有的事永遠來不及發生。

蘆葦依舊千百年來
其飄搖的姿態記憶了許多惆悵
如晚風
如晨曦，
如泣如訴，
或低頭沉思
或背對著水域站好，
想像看見
光影與白鳥在蘆葦地帶周圍
移轉盤旋——
而有什麼可能存在
但我確定
你終究未至

如白天的星辰，懸缺
你終究未至，

所有的風都像在嘆息
悲涼的水域
蘆葦依舊延續
千百年的綿密
在痛楚與無力在風中
時間中纏綿
倦怠，而我並非風
或無力的蘆葦
何必在此徘徊嘆息？

但你可能知道答案，因為
我愛你。

（二〇一一年八月二十六日）

蘆葦地帶8

生命必然也帶著些許潮意
但若不在雨中
怎知雨中
濕蘆葦屹立的模樣？
可是，在雨中
別讓我的靈魂
也跟著蘆葦地帶
悲涼潮濕
構築這世界的虛無
雖然，我們確定：
生命必然也帶著些許潮意。

我帶著你的影子
踱步似飄搖過蘆葦間的風雨
我們注定的風風雨雨

我帶著你的影子
在蘆葦地帶中行走如遊魂
每一行詩，每一柱蘆葦都在試圖呼喚你，
每一柱雨水都象徵內心冰涼
可想見的未來有多長
我們都不會回到這裡

蘆葦地帶
只是我們未形成的意義
想像的處所
在雨中，無限的溫情、肯定
都顯得冰涼

沒有迎風的蒼茫
沒有白鳥或蜻蜓

當時間經過以後
你我將遺忘這個處所，
這可能是我最後的書寫
留下蘆葦地帶的
一切，未形成

（而你不會知道，我於現在這個時間點的宇宙中設想這一片
蘆葦的悲涼
只是多麼想證明：
我愛你。）

（二〇一一年八月二十八日）

蘆葦地帶9

蘆葦又在暮色中搖曳
就像你眼睫輕輕眨，眨了
些被寂寞浸染的寂寞
生命的悲涼顏色
我心亦淒涼
淒涼如晚風掠過溪水與暮色的間隙

蘆葦地帶
我依舊徘徊在渺渺的蒼茫裡
記住你的名字

我確定；

我確定生命與情感在時間裡的無常
一種無奈的故事

在過去與當下暮色的隱喻
蘆葦地帶
我調整想念你的姿態
遙望
遠方你的城市，這時我可能
睜大眼，以為
能夠看見蘆葦以外的美麗
以及
其他神祕或
不神祕的禁忌，

我想念你是一種禁忌嗎？
那些傷害我的和
再次傷害我的流言及冷漠
更渺小的是我在蘆葦間穿梭的靈魂，麻痺
我自虐的生活

我咬緊嘴唇
告訴自己
我決心不再哭泣

我決心不再哭泣
如蘆葦無意識地低頭背著風
我也該背棄想念，離開
蘆葦地帶
就調整我想念你的姿態

俯仰四盼
一些視覺如夢似幻
消蝕在風中暮色的
是我對你的依戀

如溪水兩岸的地形遷移，
我可能要用一千年來想你或忘記你才足夠

（蘆葦地帶，你看不見我的淒涼）

你看不見我的淒涼；
我可能要用一千年來想你或忘記你的名字，
如背負我的靈魂在虛實間
計算自己生命中的劫數
計算無助的蘆葦如何渡過許多日落以及
狂暴風雨的侵襲

但，此刻天色急速暗下
蘆葦與遠方俱消失在時間的燦爛裡
唯城市在渺茫中閃爍光芒
四周降下淒涼的帷幕
而，我心亦淒涼，淒涼確定這是我最後的徘徊

因為我知道：
你並不愛我。

（二〇一一年九月三日）

多洛莉絲，你必然是南方
我所陌生的神祕

多洛莉絲，我悲哀的文字能拘束你那恣意任為的心嗎？
我們彼此認識邂逅的交集那麼少，那麼少
彷彿夕陽以後，一轉身就被遺忘的日光
你坐在南方的蓮花池畔，皺眉，微笑
挑起象徵調皮的眉。多洛莉絲
你看不見我的夜晚有多深沉，沮喪和
對著空虛的憤怒，對於，我所信仰的你
那些美麗和真實都銳利地讓我致命

你可能是南方的海洋，多洛莉絲
心緒脈絡隨時依時間季節變化，來不及
讓我參與並感受，我看到
你生命的豐富與抽象，凝聚著對愛情的理念
依稀陌生，我未曾解識

多洛莉絲，你必然是南方我所陌生的神祕

在通往南台灣的路上
愛情橫切風嗚咽過的平原，但你那些南方的神祕
與海洋的澎湃，我總以為我是無能為力的！

（二〇一一年八月六日）

盛夏——給Y．Y．

空氣中飄浮著躁動的精靈
敘事這一切可能太遲，疑似
前生如怨如泣的悲涼聲中，
我們如何以時間抗拒過遲的相遇，
在日光的悽色中，我們怎樣
怎樣能夠有歡愉的色彩
縱使在盛夏的燦爛裡，我們
怎樣讓遲來的悲哀也跟著
燦爛起來？

我們怎樣讓遲來的跟著也跟著燦爛起來？
告別前生的手勢尚未放下來，聽見
今生頻頻催喚，時間與時間
在夏天裡催促彼此，日光
日光在遠處燃燒，我們也能夠燃燒自己嗎？
看見一些悲涼，身體的餘溫
可否感動彼此？
在告別前生的手勢尚未放下來之前
我們，只能期待虛無

即使燦爛的陽光作為我們當下的書寫
我們聽見那時間的腳步
我們也必然悲觀如夏末最後一個夕陽
微溫，靜謐，在天空的文本中
努力證明存在的秩序
導致，意識與情感失衡

微微失神，
證明我們遲來的燦爛。

（二〇一一年八月二十四日）

盛夏——給S．T．

這可能是一種無謂的發生，
當星群運轉至夏天的氣象而倦怠如
春末枯萎的花，誰讓我見識到
繡球花一樣的燦爛
綿密的花心，尤勝過
燦爛的朝霞
這可能是一種必然

或者春末以後的燦爛，
夏天的敘事，或者眼睛隨

日光移轉，看見
光影在窗玻璃倒映的彩霞中詮釋時間
詮釋抽象的你，而或許抬頭
也能見到窗外紫蝶與蜻蜓飛過水湄
遠處，白鳥橫過青山
交換一些微笑，或作勢傳遞
祕密的訊息

或者夏天以後，脈搏與呼吸相較於平常快速
可能感覺夏天多情，而潮汐澎湃如雷
無可尋覓的眸子和想像空氣間的飄香
我確定生命的存有，在夏季
最末，星辰在億萬光年外燃燒

於是我仰頭就能窺見星群
但，你在我後，
我也想窺見你。

（二〇一一年八月二十四日）

盛夏——給Y．S．

曾經叮嚀過什麼，確定
那些陽光在樹葉間的起落，鳥雀掙扎
再度飛翔，或許
一些沉默的錯誤，重新來過什麼
近處是山，遠處常有海濤
不能識破寂靜的本質，還能確切說些什麼
但也期許可能，動見惺惜
遠距的交會。

也可能，沒有城府
沒有懷疑。

（二〇一一年八月二十四日）

在廣袤中，芊芊

在廣袤中我們如何相遇
芊芊，你可能在小小的城堡
而我在荒蕪的沙漠
（沒有你的地方，總是荒蕪……）
誰給我一座指南車？
誰給我一個指北針？
或者，誰給我一隻iphone，
好讓我尋你的方向……

芊芊，在廣袤中
我們總有錯過的方向
彷彿我們準確地背對背行走
讓一條名為寂寞的道路延長
芊芊，我如何越過流沙的陷阱
我如何越過飢渴
越過你的藩籬
看見你在霓虹下的倒影
一千個春天從我們身邊擦肩而過
芊芊，芊芊
我在尋你……

沒有人，沒有人引領我們相遇
在森林的晚霞
漂泊的湖水
以及訴說悲傷的晨露

芊芊，
我正在尋找
在空間的闡釋裡
你是一朵盛開的百合
在遙遠的荒野處。

（二〇一一年六月七日）

在時間裡，芊芊

在時間裡我們如何相遇
芊芊，倘若
你在你的春天
而我在苦悶的夏季
蒼蠅飛過荒涼的市集
沒有人，沒有人
引領我們相遇。

芊芊，在時間裡
我們總有錯過的時間
彷彿我尚在人類文明的演化初期

你已經穿上了錦衣綢緞
芊芊，我如何越過
我們之間的荒野
越過你的童年？
我悲傷地張望
一千隻白鳥從你的童話裡起飛
芊芊，芊芊
我正在等待……

沒有人，沒有人引領我們相遇
在森林的晚霞
漂泊的湖水
以及訴說悲傷的晨露
芊芊，
我正在等待
在時間的闡釋裡

你是一朵盛開的百合
在遙遠的荒野處。

（二〇一一年六月七日）

今日，不宜

當麻雀飛過觸目可及的街道，
誰來解識我的悲傷，於是
就猛然想起你我之間如何又如何在燥熱的夏季裡遭遇
在榕樹濃密的陰涼和煩悶的蟬聲裡分手
我單獨留在，夏季；
這次，我不宜想你，在陽光斜飛過
清晨的陽台
憂鬱堅忍地拒絕想你
因為

因為
今日，不宜想你
在戲劇告別舞台的最末，時間必然也同日光般
燦爛且帶著氾濫的虛無，我們驚訝害怕
與彼此眼神對峙，
情感在對奕的棋局裡停止不前，
在手心握著虛無，今日
不宜敘事悲傷
重複的，許多悲傷

重複的許多悲傷
今日，不宜交談
開口之後結束之前，聲音必然也同淚水一樣
透明且帶著尖銳傷人的回憶，我們悚然驚懼
與彼此話語博奕，
情感消磨在語言的刀刃裡，今日

不宜高聲歌唱，
沉默哀悼彼此在彼此記憶裡死亡
今日，不宜叫你的名字，
與你的台詞已經被時間沒收，
以致告別以後，不宜說話
不宜書寫
不宜睜開眼睛感覺時間
否則，我們就感受各自孤單的時代逼近我們的未來。

（二〇一一年八月九日）

等你下課

我坐在校園裡看那些風景敘事青春
這裡就是青春，而且你的笑容也是
那些最年輕的象徵，我坐在校園裡
想一些校園內和校園外的故事
那年，我也曾經在夢裡
渡過些冰涼潮濕的眼淚
一些樹皮、泥土或青草地的芬芳
細看介殼蟲的隱喻
品味一些咖啡香；

我就坐在校園裡等你下課等待一些雀躍的天使
春雨繼續纏綿過去的美好，而且
現在依然，還有幾個月的時間可以等待
想像教室裡黑板依舊書寫那年我熟悉的詩詞文法
知識載浮載沉於學院，但我們從不在意
真理的去向，我們可能微笑
在意學期成績以及書香味道的愛情
品嚐一些夢的花朵，雨夜的哭泣；

我們可能知道真理的去向，這時
我就坐在校園裡，等你
等你帶著美好的學問從教室微笑出來，捧著幾本課本
像無數過去寫在課本裡的美好，
而你是現在的美好，我等待

你是我現在的美好。
在這裡，我等你下課。

（二〇〇一年八月二十一日）

卷二

還現象之本然

現象

曾經歷過的，漸次轉移至
已消失的星座後方，在早期
辯證的思維逐漸拔高，衝突激亢
那些你有的我也將要有
證明一切都是無法抗拒
；時間的敵意
我們失去了最初的原貌

選擇主要，排除次要的
在時間中證明一些固執

意識在你我積極的構圖裡熠熠發光
我預見這次的儼然，用
最寂靜的一刻來述說
述說那些：
愛、真以及美善

你我視域裡最誠摯的現象

空間至四方逼至
這是我們預言過的一刻
先來的，後到的
都依序投射自我內心
感受屢屢未曾預料的恍然
情感如風中的落葉，狂喜，暴怒
或僅追尋一種尖銳的追尋
我曾經懷疑

但此刻是
最寂靜的一刻；
我們的時代正在逝去
也正在構築我們的未來。

（二〇一一年六月十三日）

詩／形構

笨蛋，難道，我不說
你就不懂？

那些符號、隱喻和被追究的花園路徑
結構和聲音都被確定了，
在兔子的耳語
和玫瑰花，讓你覺得
美麗與刺痛。笨蛋，難道
我說了，你就懂……

本質在現象中展開，生命在你的呢喃
和星空下的時光被確定下來
而且你看見，
看見花園裡一顆石頭之所以為石頭，就
立在那裡。

詩，是石頭嗎？
有時候是……
但有時候，我不說，難道就不是了？
我不說，難道，你就不期待我的存有了？

（二〇一一年一月十三日）

——的本質是一種逐漸的死

所以你該幻滅的……

你看得到的美麗，和堅持的——
一種流行

其實什麼都像墓碑一樣屹立著
例如：我們見證過花朵的枯萎和
因為風而受傷的蝴蝶。

你也曾受傷過
在風中

在雨中
在一次與舊情人告別的沉悶午後

所以你該幻滅的

你聽得到的美麗，和綿延著的——
一種思念
其實彷彿悼亡曲一樣終會散逸在你
看不見的空虛裡，
我們都聽過果熟蒂落的聲音，
聽過上個情人說：「我愛你。」
你也曾哭泣過
你也曾不哭泣過
但現在，
誰在你的身邊？

所以你該幻滅的
人生的本質總是一種頹廢的、逐漸的死
（死亡總是一種時尚的流行，而且我們逃不過這樣的流行
氛圍）

詩的本質總是一種頹廢的、逐漸的——
死
讓你看見結尾，
所以，你也該幻滅的

而且，你也該對這首詩幻滅的
我總要在此的最後一行，告訴你詩的陷阱，而劃上句點
「。」

（二〇一一年五月二十一）

時間

當紫葡萄在不遠處的莊園抽芽，依稀
揣摩生命的姿態，活著的主題
我也想知道你活著的方式
像我這樣站在百葉窗前
意識到陽光驅趕室內的掛鐘，我意識到——

我意識到你許多美好，偶爾
也看見一些疲倦，看微風在草原上
證明自己的存在；看見流浪的雲
每一片刻都在變化，書寫依序輪迴的十二個時辰

彷彿聽到你的聲音，將每個字音
適時安置在每一分每一秒的位置
輕盈如時間的精靈，如白色蝴蝶沾黏上
粉紅色的玫瑰，我想像
夏天已經不再那樣炎熱，因為
你的寬恕——
我以為，我們是遙遠的飄零
在時間裡落下

或者虛構一些彼此凝視的時間
讓我活在你的文字或日記裡，就這樣
站著；接近你過去與現在的心情
看見你的未來書寫進我鬱鬱的心
而陽光，正在你的髮間，嬉戲。

（二〇一一年七月十六日）

給未來的自己（一）

我曾經如此徬徨不安，確定
信仰遠離
彷彿看見，潮濕的雨季
持續降臨……

而有些悲傷確定已經成為過去，
即使你不放棄等待
等待蘋果樹的成熟
但我想知道，你等待的蘋果樹
真的成熟了嗎？

你知道，過去此刻
我是悲傷的你。但我預期
此刻你在陽光下，
許多惆悵與不安
都在淡入淡出的音符裡
釋懷，我曾經
預言。

我曾經預言，遠方輪船渺小如漂浮在水際上的葉
像愛情轉眼間就模糊
你曾經如此徬徨不安，不確定未來
風的方向，我的方向

但此刻，你安靜
等待你的季節風轉向
即使天空多麼陰鬱，但這個城市必然也有陽光

斜灑在某座教堂，某條街
你總會遇到，那個想見的人。
你會擁有一個不再危殆不安的宇宙，
而那個人，現在
是你的宇宙。

（二〇一一年八月一日）

給未來的自己（二）

在風中，你是否看見些許自由？
你是否依然和我一樣惆悵，帶著悲傷的表情
安靜不說話，抬頭看
牆上掛鐘，時間停止不前而
你的心因為悲傷而跳躍

有什麼停頓？有什麼不停頓？

但我想你依然前進，在意識裡
編織你的信仰

放下書卷，提劍，武裝你自己的心和眉頭
逆流而上去挑戰屬於你的巨龍與神話
尋找什麼金羊毛，我相信
那些因愛或勇氣的傷
是你夢的基礎，我們抬起頭
看見月亮，是我們夢想的圓
沒有什麼停頓
即使你的心依舊因悲傷而跳躍

但我想我們依舊前進，那是自我意識的追逐
如陽光海面上的鯨豚踴起，跳躍

我追逐你的腳步。

（二〇一一年八月一日）

道歉

就像門口的百合花開
從剛剛到現在
靜謐等待你的凝神
我也用細微地顫抖的心
在你心事
前面，等待你的探索

你的探索也許是
波瀾與虛無的洞識，我倉皇
越過著火的庭院，那些黑夜的倉皇——

過去
和現在，我們曾經一同走過些許夕陽
憤怒與不平的心事被陽光曬過也被雨淋過
我說的，你懂得
如溪涓留過山谷中的蜿蜒
會有一些美好的花朵綻開在水域邊緣
就像門口的百合花開，在
你的心事

現在
和未來，我是如此虔誠地在陽光下的透明，在你心事
前面，等待什麼，寬恕的風鈴——
看見稀薄的愛飄浮過盛夏的陽光

而你是陽光
你該有燦爛的笑。

（二〇一一年七月十七日）

原諒

勢必有什麼在身體裡糾結纏繞
陽光下亦有陰影在你我之間，擺佈
搖盪我們的歲月，讓生命的漣漪起伏
波折，你多注意到那些細節
讓敘事無法完成的細節，我想
你肯定我的悲哀，我的悲哀

請原諒我的那些有意或無意的過往
像每日早晨的陽光原諒昨夜的黑
每次春季的花朵綻開原諒冬季的寒

而你也該原諒楊寒的，我向你道歉
生命裡總有一些悲哀，你智慧圓融的生命裡
必然能夠體諒；

體諒那些忐忑不安的過往，我在
風中的徬徨，你必然也能夠
注視到我微弱顫抖的心懷，那樣
淒涼，微小，
等著你微笑釋然的注視。

（二〇一一年八月五日）

抒情

你嘗試將抽象的——
具象化為夏天的響音，那些日光曾經垂憐的草原
記憶是水湄上的蜻蜓停留在蘆葦，你看見
你看見璀璨的姿態，生命枯榮，綻開
我們的憧憬，你嘗試演繹一首歌曲的誕生
你嘗試——

這其中你可以剝離些什麼出來？

文字，符號都有它們的註腳了，
而你的註腳呢？我的獨白呢？
讓當下的流水停滯在你的意識裡，有什麼讓我操心了些
關懷了些，想必你聆聽音樂時也會念起我的不安
彼此的血脈幻化為抽象的意識
我嘗試將具象的——
抽象化為意識的風景，重新編織
並且對你訴說：
現在，過去，未來……

關於未來——
從容，節制，而且溫婉循環的愛與白鳥
飛越遙遠的天際，你也能看見
彷彿我們彼此呼應
這一切可曾有跡可尋？

我躊躇不安地，看著夏日的光影
在窗檯嬉戲；

（二〇一一年七月十二日）

玫瑰的意義

所以，你也種玫瑰
你還未曾瞭解玫瑰的科目，就在泥土裡預期未來的
火紅，想像從時間裡生長出
詩的精緻和詮釋，你用預約的愛情
灌溉玫瑰，從泥土的縫隙中走私陽光

所以，有人也喜歡玫瑰
說這是愛情，這是詩，這是綻放
一種宗教的象徵物，然後
讓其他都失了顏色

陽光，蜜蜂，水，土壤
且暫時忘了它
玫瑰自然而然，在你的愛情裡生長起來

（二〇一一年七月二十三日）

芙蓉學派的誕生——仿楊澤〈薔薇學派的誕生〉致S．T．

那時黃昏還沒開始，
一切的新生或尚未來到的，都有秩序地
等待（等待意義的抽芽，那些你曾看見或
不曾看見……）

那時自然交融的心血相繼完成
所謂芙蓉，
那些
愛與美的完成，
我說

那時黃昏還沒開始，
我確定那些還沒發生，堅定的
意識在春季裡滋長，燦爛
在自我的生命看見生命
再度延長，結構和特徵都確定了
「闊卵型近似於圓狀卵型，屬錦葵科」
你不能僅以植物學的詮釋詮釋她
你不能以哲學、現象學的眼光注視……

那時光線清澈透明如剛流過闊葉植物茂盛山丘的流水
但是，這一切已經確定
我說，愛與美的完成；
在時間的驅趕下輪迴，盤旋
用燦爛的姿態來姿態自己

這一切已確定，
而且還沒開始。

（二〇一一年五月二十八日）

卷三

逗浮生之妙趣

我們宅，
我們對自己的宅致意

因為呼吸與陽光的滋長
我們宅，宅在對情感的困惑以及某種
別人不曾了解的堅持
我們宅，宅在對愛與悲傷的堅持
封閉在意識思維的巨大之繭

因為，愛與悲傷微微失衡，我們宅
我們在淚水中不斷放逐自我的心
帶著憂傷旅行自己

別嘲笑我們的宅
我們宅，我們都宅不出這個宇宙
為此，我們不應該表現一些憂傷來為自己的宅致意嗎？
我們宅，我們對自己的宅致意。

（二〇一一年五月三十一日）

咳嗽——給S·T·

彷彿身體的斷裂，呼吸如潮汐在
體內交替感應世界
那些多情與無情
無法靜默的靈魂，怎麼能
讓安靜的喉嚨無可適從而咳出
一些需要關注的包容，彷彿
以微微顫抖的身軀
告知搖搖欲墜的胸口如何以白天鵝的姿態
離開漠然的悲涼，
你咳了一些悲涼。

你必然咳了一些悲涼，
勇敢的身體書寫或者一些其他屬性不明的理由
其餘論述暫且擱置，且
讓疾病暫時離開你的替身
讓寂寞或愛如季節裡次第的星辰燃燒
這是一次大的論述，從你總是咳嗽
開始

空氣中是否依然飄浮著悲涼，
你該有果敢的勇氣窺見可預測的未來，
不能讓早先的疾病再度佔領你的意志，
請保重自己，
別讓自己咳嗽如白天鵝那樣悲涼的滑過水面；

（二〇一一年九月二日）

我，我應該要整理房間的

那是凌亂的記憶，面向空氣中
後悔與悵然循環的過往
悲傷形成房間稀薄的象徵，下午
不安定的風重新佔領我的心神，一隻
不願透露姓名的小蟲爬過桌面
迅速隱藏（我許久不曾見過桌面，
也許久不曾見過你了……）
那些時間裡的「快速」填滿我的房間／我滿滿憂愁的水缸
如同夜的寂寞漆黑，我看見
我房間的漆黑，許久
被凌亂佔據的悲傷

我的房間，我看見
殘餘的靈魂
被拘役於過去的凌亂
我匱乏疲倦的心，依然，疲倦，狂跳，緩動，躁動
生命裡那麼多不安
我的房間也不安起來。

我該整理房間的
在不安的下午，我在房間裡
俯身拾起我的記憶。

（二〇一一年六月二十八日）

如果失戀了又怎麼辦

天空用天空的顏色寫在你的眼睛
有一些笑聲在愛情的放逐地之外迴盪
世界太糟糕了，把我留在
沒有邊界的空白裡遊蕩

人生怎麼那麼苦？
把我浸泡在濃縮的黑咖啡裡
那些黑，是我心頭的黑
浸潤我的意志，連心也慢慢萎縮
只想知道
如果失戀了又怎麼辦

也不怎麼辦
空氣像帶著荊棘味道
每次呼吸就刺進肺腑，刺進了一些傷
痛讓我昏沉而不清醒
天空是虛無的顏色

如果失戀了又怎麼辦
人生總要多嚐嚐點苦

讓虛無構築了我腦袋裡的虛無

如果再虛無一點，我就變成霧
飄盪在天空之下
無邊際的地圖，遠方。

（二〇一一年七月十四日）

我們總有一部份是肥胖的

你今天晚餐吃了嗎？
像魚，牛肉
一顆滷蛋或者少許燙青菜，添加了
今天的苦澀

時間漸長
我們逐漸因為焦慮而肥胖
總背負著越來越多的脂肪和焦慮
在生命中旅行

看看自己的手臂
看看自己的小腹和大腿
和無比單薄的理想相比，我們
是肥胖於現實又現實的
讓地球也焦慮地承受我們的輕

說我們是肥胖的
用虛名、耳語交談膨脹我們的身體和無由來的驕傲
我們好肥胖，胖成一個個的圓
用虛偽的圓，圓滑在朋友同事間滑開

帶著虛榮和焦慮而肥胖

我們總是肥胖的，
在時間裡
進食了許多熱量、謊言和虛榮

然後讓死亡戳破了
我們的肥
只剩沉重的焦慮，留了下來
成為一方
枯瘦的墓碑。

（二〇一一年八月二十四日）

我們書寫的是我們的缺乏

眼淚乾了嗎？我們書寫時的哭泣是我們的缺乏
我相信，再抬頭也是想起我們的悲哀
虛構一些句子，虛構一些情事與敘事
那些不存在的，像陽光、燦爛還有回憶的種種過往

在你的世界裡，是不是也有夏天，也有冬天
我相信，睜開眼睛，總有一些遠方不曾到達
生命裡因為缺乏而不斷前往遠方，清晰或模糊的遙遠
那是我們靈魂的海市蜃樓。啊！誰在海市販賣彼此的幸福……

陽光依舊讓你我的思維傾斜，無力地斜靠窗欄
我們孱弱的身體如何承載那些虛無的悲哀？
我們是彼此的虛無，虛構一些符號，象徵我們的愛與不愛

虛構一些符號，象徵我們不斷地對彼此告別，
每次書寫都好像與你訣別：每一次完成，就是一種死亡。

（二〇一一年七月四日）

我們有悲傷的認證嗎？

當我們走過市集
許多對象都——都被加上標準認證的名字
給個標準
讓我愛你
給個標準
讓我知道悲傷的程度
（換一行來書寫悲傷）

我是卑微的
我是渺小的

我是你微不足道的嘆息
（換一行有更多嘆息的空氣）

當我們走過市集
政府認證了我們的生命
生活以及你所看到的種種
但我們有悲傷的認證嗎？
（換一行想像這首詩結束時的悲傷）

你的嘆息認證了我的卑微；
你的眼淚認識了我的悲傷。

（二〇一一年五月三十）

我的心事不容許你參與

陽光急急著敲醒昨日的山，依序著
離開搬弄夜的夜
迷失的是你髮際的小薔薇
有些心事：
　在盛開的羊蹄甲
　或者杜鵑右側
在下午的陽光以後，
有人

躲避那些風大的高樓
其實我也未曾留意到，那些可能是印象派或者
文藝復興時期的追索

還有什麼可以守候
還有什麼可以追索
我想離開，難以隱藏的落寞與寬容

腳步聲小小的
可以預見的，可以預見
停止思辯愛情或未來
在學院裡的哲學家們捧著一本沒有封底的書裡，
誰來將它繼續寫下去？

有人，
我長久看見高樓的窗邊
十二片微乾枯黃的落葉，飄著
但我的心事，不容許你參與。

（二〇一一年四月二十）

記得你曾說過想養麝香豬

這可能也是一種創造力，用身體
在大地表現生命的形式與樣貌
精確的身體書寫。啊！麝香豬
用什麼樣的現象，在你五彩的未來
展開一種可能；於是我就記得
你曾說過你想養這麝香豬。

記得你曾說過你想養麝香豬，
承擔生命的修辭，慾望的可能
實現宇宙中最現實最根源的結構

向未來，覺悟面對另一生命的興盛與
衰亡如旁觀一朝代的始末，我專心聽
而且牢記你的預言，相信那必然成真
展開你的可能；

這也可能是一種創造的想像
調節生命的溫度與寬度，在
你豐厚的生命裡，更加善良
面對彼此爭辯而不再爭辯，就
期待，宇宙裡——
你生命中一隻小小的麝香豬。

（二〇一一年八月十六日）

你的生命總有某些悲憫存在

四周幾乎都是靜謐的
有一種顏色，非常綠
；冥冥的意象是
追蹤生命的符號
昂起，燦爛，有時也失意悲傷如落葉

那麼落寞

那麼落寞地，背著自己的背影
低聲哼歌，但四周依然靜謐
沒有一種顏色，真正的

襯托你
；符號，象徵，和某些有機的結構
在你腦海裡迴旋
憂鬱著憂鬱的眉
彷彿風沙都被阻絕在世界之外
你也歡笑過
那些陽光繽紛的日子，
誰將抑鬱的身影踱進你的心裡？

那麼落寞

我慢慢讀你，彷彿你就是首詩
怎樣就突然像海潮那樣情緒湧起
，看見你的生命總有某些悲惘存在。

（二〇一一年六月十四日）

成為陌生人

說些什麼好呢？
讓人生有太多空白，現在／過去
未來。彼此切割成片段
將記憶折疊切割重組。製造一些惆悵
說不出……啊！
該死，那人，那人將我愁困在這裡
沒有驚喜，沒有午後
也沒有晝夜

在文本上小規模的戰爭，抽象地
拔出我意識的劍，輪流

在敘事裡征戰，我在時間裡沉吟
我看見……

但願我看見你也斂眉撫琴
偶爾也專注一些經傳的注疏，輪流整理
你的髮飾
可能在靈巧的心重新找尋
追蹤一種聲音
好讓沉默的生活
貼著流浪的曲調前進
警戒，矜持，歡笑而且有禮。

我看見，而且
看見我對著昏暗的光線想像，現在／過去
未來，從彼此切割成片段

然後：

讓透明的時間經歷過……

讓人生有太多空白

我們白髮以對，

然後成為陌生人。

（二〇一一年六月二十四日）

死後書

寫詩的腳步是蝴蝶的／輕盈了一生
驕傲，而且
就看著時鐘在牆上老去
，我打開手心又合上
一個人，在時間裡漂流，不斷
孤獨；
不斷孤獨，讓一生漫長地像一首獨行詩；那麼驕傲

直到
躺下來後
才學習與他人相處。

（二〇一一年六月十五日）

有人

獨自在房間裡感受失去嚮導的夏天
那些舒適美好的季節是否悠然，離去？
翻開書桌上的武俠小說，從這一頁到下一頁
有些驚嘆，詫異，遲疑
被時間逼迫的——
日光也越過了生命的淺瀨，敘事的
上一頁不再重來

在揚起的夏蟲鳴叫中，牽牛花自窗檯攀越而上
鐵欄杆立著陰鬱的倒影，啊，那是夏季裡的悲涼

情節裡不斷重來的敘事，用無名寫下生命的名
在逐漸遠去的掛懷裡，日光下潛伏著悲哀
獨自坐在房間裡，感受失去嚮導的愛
書卷的上一頁也不再重來

憂鬱像停止不前的時間
讓風的敘事都暫停了，且
留下悲鳴的意志，看見夏季裡
有人，依舊遠方

在我的當下，缺席——

（二〇一一年七月十三日）

她說我愛得太苦，不如去跳大甲溪

她說我是大甲溪的鄰居，那枯乾的河床和嗚咽的水我也許熟悉
像苦悶的夏季午後一些滯留遠方的情感
一個馴養著感冒的身體
愛情像苦瓜一樣苦，像橘子的絲，像檸檬或榴槤
嚮往著改變，嚮往著向遠方致意。

她說我愛得太苦，不如去跳大甲溪
少一些蜘蛛網的牽掛
病死的溫柔

塗塗改改寫一些壞詩。她說：
我終究會是死在虛無的
我是大甲溪的鄰居，住在清水
那枯乾的河床和嗚咽的水我也許熟悉
再嗚咽下去連我也嗚咽了
沿著虛構的期待走，輕微地觸及貓的鬚在陽光底下的透明。

可是說不定宇宙中
有老鼠會戀上貓
有小雞戀上老鷹，那渺小的畸戀
設想：
如果狼戀眷著綿羊又該怎麼辦？
總有一些不合時宜的季節
總有一些不合邏輯的故事
我懂得那些哽咽胸口的痛
我懂得……

可是，她說我愛得太苦，不如去跳大甲溪
面對著夕陽的絢麗是你的絢麗
倒映著恍然即可能消失不見的悲哀，那壯闊的
海平面
，遠方是海，更遠處是中國
這些距離都比我想念的愛還要接近
這個馴養著疾病的身體。

踱著腳步……
我是大甲溪的鄰居，那枯乾的河床和嗚咽的水我也許熟悉。

（二〇一一年七月六日）

如果我是你的輸贏，我認輸

日光正在退卻
陰鬱的墨色逐漸侵蝕
廣漠的天際。徬徨，遲疑
有什麼不可置信，
誰細細誦讀我的詩並回憶
過往那些風雨以幾近停滯之姿離開
凋零的花季，松針牡丹也跟著枯萎——凋零
如果，那些愛的雲霧已然稀薄
我在倉皇中跟著日光撤退

委婉地躲避你的視線，如避開
隕石的星擊，啊，那些悲傷而壯闊的自滅
生與死的徘徊在宇宙無窮盡延伸，讓神祇帶著悲憫俯視
那些理應被寬恕的過往，洶湧的愛與愁
我避開，那些被燒成灰燼的春天與夏天
有什麼潰散在夜空的一角，記憶裡的
孤寂，溫柔和沒有名字的感傷
我避開你的輸贏，如果
我是你的輸贏；我認輸

我認輸，讓我在愛與恨都稀薄的銀河裡流浪
那十億光年之外，海豚與鯨依舊
在地球的海洋繁衍，嬉戲，踴起如生命的潮汐
沒有什麼啃噬我冷淡的血，沒有什麼劃過
不再迷惘的航道

如果我避開，避開我的失敗
讓我是一顆流浪的隕石，流浪

讓其餘的他們依舊喧譁，交疊彼此的生命以及時間的傷
讓神祇看見那些同樣璀璨的，重來的季節
讓還有什麼從灰燼裡重新來過
強自鎮定，驚喜而且依然帶著猶豫
鑿穿時間，看見彼此空間

而把我的意識拋向
遠遠，在宇宙邊緣，左右巡梭
躲避愛。

（二〇一一年七月十五日）

如果

昨日的夕陽在無邊際的悲哀裡落了
而今日，我們是復活的海豚重新
在昇華的空氣裡相遇
帶著受傷的痕跡，重新
再一次看見夕陽破碎成昨日被選擇的心
破碎成——
我們共有／共有的記憶

如果，那時如今日的氣溫重新來過
我握住你的手，是你那

溫暖的悲哀
如果——

如果我們相戲於遠方的海
讓那些歌唱迷失昨日的船
誰去停靠？誰又去哪個港口？
我的意識迷失於昨日曾經的你，你又是昨日的誰？
讓我握住你的手，你也是
我溫暖的悲哀
如果——

但願我已不再愛寫小說了，那些
虛構的神話和悲涼的顏色
負載著飄零不定的浪
那是昨日的長夜，你曾見證
那些星星——

如果再度重來，我們是復活的海豚
在昇華的情感裡際遇

如果——
讓我重新／重新認識今日的你
悲哀會不會在此重新蔓延，
像一些憂愁？
像一些寂寞？

（二〇一一年六月二十一日）

大黃蜂的飛行

我以為輕率的移動竟是一種追尋，那是對陽光
或生命的一種渴求
是時間與光影的滑動，專注，凝神
並且出神一種藝術。我以為——

飛過的就已成昨日的廢墟
徒然讓一些愛戀的星光休息在
昨夜的夢
我以為，我們彼此輕率。

唯有你是專注的，繼續在
不同緯度的花園裡尋覓未來的蹤跡
並對生命的一種積極
時間是小碎步的寂寞，而你飛行
在花間的繽紛
什麼也沒留下
，我以為你輕率
卻是一種屏息的美麗。

唯有，生命專注產生晶瑩的美
你滑過我意識的邊緣
我也入神
出神，
注視你，

彷彿一同飛行，
你的飛行是我的飛行。

（二〇一一年八月二十一日）

最初的斑斕

用什麼種植一些憂傷？
盆栽裡生長一些盛開的花
比彩虹美麗，比噴泉燦爛，比雨水悲涼

用什麼種植一些快樂？
再抬頭偏偏仍看見你又站在我意識的上緣
背後是陽光刺眼
刺進我孱弱的身軀

想像裡，
那年一隻紫斑斕蝶翩翩

翩翩飛進我狹小的世界
假如春天沒過多久
透明的幻影在心裡滋長
啊，你依然是
是我的憂傷
安靜，溫暖，想像有些事物燦爛如昔
有些事物已經看不見
紫斑斕蝶，翩翩，在虛無的盆栽上，飛舞。

紫斑斕蝶

假如夏天已經來到，
甚至抵達最末的最末
　你是遲遲他去的紫斑斕蝶，
從我脆弱的心底留下
　　留下虛無的影子——

（在我的記憶裡，那個虛擬的世界一切真實都該被保留下來。假如春天沒過多久，你還是遲遲他去的蝶，自我脆弱的心底留下影子，後來就被幻化替代掉了，但我總還記得一個形象、一個模糊的樣子。）

（二〇一一年七月三日）

爸爸，我回來了

不知道我什麼時候回家？童年的介殼
時光前方，衡量是否——
有足夠的情感作引導，爸爸
這是我的家書：
偶爾也說話帶著悲傷，用iPhone4寫詩給你。

不知道我什麼時候回家？
昔日的山陡然銳氣如千年
白雲穿過昨天的間隙，現在
我的身軀已與童年隔別，
承載你的意識還有抽象與具象的氣象

遠方飄揚的旗幟讓我遲疑
告別童年
以後，
我們還會回到童年。

我正在回家，爸爸
我回來了，偶爾也寫詩給你
想像古代那些中國詩人，是否也會寫詩給他們的爹？

時光前方，該有足夠的情感引導
家與星光——
永遠驅使羅盤指着家的方向

爸爸，我回來了。

（二〇一一年六月二十六日）

一首很強的詩

一把弓旁邊爬著一條發出ㄙ聲的虫。

（二〇一一年五月三十一日）

卷四

窮情理之幽微

紫色的約定

可以笑著說一些錯過嗎？
被陽光急促過的愛和屏息的故事

你也曾經是我的故事，那些綠草地上的小紫花
陽光是細細碎碎的可能，讓貓過敏地竄出回憶
而我們也可能，離開我們的回憶相當久
越過文字與夢的邊界，情節
一些故事，翻過了就不會再閱讀

可以用那時的小紫花作為象徵嗎？
和抒情一樣成為回家的意象，有可能
我也曾經把你當成家人，或當成我自己

當成我自己，
我寫詩是習慣想念你的綿延，但我不能
不能為你斷句。斷去過去的想念
你說我狡猾，而是誰和誰凝神注視那些小紫花
注視我們曾經的曾經，誰又能反擊
時間的遺忘

可以笑著說一些約定嗎？一些
我們不可能再遵守的約定，我也曾經
是你的故事，在那些記憶裡的小紫花前面
我們用憂鬱對抗世界，用愛情
鋪陳生命，

但你離開，
你有其他理由。

（二〇一一年八月二十三日）

請眼神不要那麼悲傷

請眼神不要那麼悲傷
彷彿這個世界，除了愛，什麼都與我們無關
眼睫輕眨彷彿被溫柔的陽光刺傷
我們都迷失在未來抵達當下的同時，我想
這樣悲傷的眼神
我們父母也曾如此，
我們祖父母他們也曾如此
有些敘事，必然在生命裡結構一些悲傷
讓淚水星光一樣燦爛

請讓我閉上眼睛

我不能敘述你，啊，那麼沉重的哀愁
你的眼神裡看見如一棄嬰小小的哭啼，那是
我們彼此，帶著恐懼以及無限憂鬱
我們的眼神裡交換著洶湧的風雨以及時間的嚎泣
我從你的眼睛裡航行，拉緊帆纜
離開你視域的間隙
我知道，
穿越風雨，進入更多風雨
請讓我閉上眼睛
我不願意見到，你眼神裡的悲傷

如此安靜，

請眼神不要那麼悲傷
知道明日的精靈將乘著白色的海船重新來過
敘事一些新的開始讓時間燦爛
即使，我們回不去那時

當下，你的當下，
仍不應該如此悲傷。

（二〇一一年八月十二日）

彷彿

彷彿前生，潮汐來回我不知道
滯留的記憶
在樹影下移動，那是悲傷的書寫
眼淚淹沒比較遠的潮汐
而你是遠方

風媒花開在上風的地方，
向日葵有自己的陽光，
而我們的輪迴是棋盤上的散落，
既不熟悉也不陌生

尋覓啊，尋覓
前生的悲傷，我現在不知道，彷彿……

彷彿前生，月亮圓缺我不知道
前瞻的期待在噴泉水池的頂端
而你是頂端
我們瞬間如墜落破碎的水珠，誰能
分辨彼此於虛無的上升？
我們碎了一地的形態，是卑微的際遇
那些，我也不知道我們偶然的際遇於何處？
彷彿，彷彿追蹤你的姿態只是
虛無的慰藉，月亮圓缺我不知道

今生如何輪到我悲傷，現在我不知道，彷彿……

彷彿這時候是你獨處的時刻
你枕著窗檯讀哪一本書
我不知道
當下的想像，是我意識和心靈的流浪
除了流浪的不斷流浪，還能做什麼，我不知道

這裡有一些暗色的夜
夢悲傷的片段，
風在我破敗的心靈裡呼嘯，你知道
彷彿，這是前生，今生，以及下一次來生，
我的聲音，悲不悲傷，你知道。

（二〇一一年七月一日）

讓我們是蝴蝶

當冬雨融化你城市的寒冷
光陰的時序也靜默的跳躍

總有一天，

讓我們會是蝴蝶重新來過那樣飛翔
引來春天的光，
讓蒲公英跟著你的
燦爛飛翔

你是自由的
你是我累積生命的意義

讓我們是蝴蝶……

生命的回程也必然光彩照人
以彼此姿態在風中對奕，翩翩
對於春天，每一分每一秒的光照加強
而陰影沉默，
我們必然是北半球最重要的蝶種
在火焰之間
在自由的風之間
在短暫的活著之間

讓我們是蝴蝶
沒有夕陽，

沒有冬雨，
只有一個春季，就是我們的一生。
（二〇一一年七月二十八日）

懷人二首

一、

我是用這具疲憊的身體，想念
一些受挫的親情（或者愛情）
我們都被安排在
不同的當下，只得
讓意念從空氣中透出去，尤其在夜裡
懷想遠方通常是一種宿命的安排

讓我安排，想你的時間；

二、

最好你還是在遠方
讓我帶著恐怖的虛無，繼續
安排時間
在閉著眼睛的時候
想像一些縫隙
一些可以書寫的疏離；
這樣想你。

（二〇一一年八月五日）

與你對坐

這時是八月
陽光尚未收斂最終的驕傲
從你的視域
降臨臺北城，這裡
我和你彼此對坐的角落
氣候炎熱
亞熱帶的騷動未止
，而我的心志
如北方的海
你不一定看得出我的深沉

與你對坐，這時是夏秋之交

而你的心情裡是什麼季節？當陽光轉換
什麼角度，告訴我，生命如何繁衍？
遠方植物生長，情愛
以及其它？雲霧在遠方森林佔據
時間的一角，有些事物
在上個世紀，我們還看不清
但這時是二〇一一年八月，我們
最終，對坐，凝視彼此

與你對坐，這時是八月
必然有些什麼可供我們寓言，
而你的瞳孔就是寓言，
我在你的瞳孔看見臺北美麗的靈魂。

（二〇一一年八月五日）

替換

相思樹林在山丘及溝渠間滋長
風與風交互搏擊我們的憂鬱，
充斥在山邊的記憶瀰漫而模糊，而想見
最長的列車通過象徵黑夜的隧道
誰就在夜裡窺視我遲來的思念？
你以憐憫的詠歎並替換我的位置。

你以憐憫的詠歎並替換我的位置，
確定我是消失的星星
在夏季最末的夜空裡懸缺，

而且在狂暴的雨點中計算
一些得失，一些錯誤
和一些什麼都沒有的虛無。
（必然有什麼穿透我假寐的夢境
：相思樹林在夢中生長。）

風與風輕輕搖曳遠方的樹林，
然後黑暗即將來臨，遠處鐵道滑開
最長的列車，
另一邊，相思樹上鳥巢棄置：
麻雀已離開。

（二〇一一年八月二十六日）

晦澀

給我一些色調：
昏黃，灰暗。
調和在我們四周
並且哼著老歌
給我一些凶器，將彼此軀體形塑成
死亡，沒有什麼比現在
更壞；這些無端的憂鬱。
給我一群低飛的白鳥（夕陽照耀下剩下橘黃的影子）
飛過枯乾的河床和亂葬崗

我也是死在你冷寂眼神裡的一員
你以為我活著，但
那突兀的對白象徵我的結局。

讓風，沉默，依舊沉默在風的縫隙中

我到夢裡躲避創傷
但，
只怕痛得更厲害。

（二〇一一年七月二十三日）

故事——給失眠的S．T．

我們應該在拂曉以前就睡去
用你的名字和聲音
用夢去建造溪谷河流的形狀
用那些曾經又曾經的記憶
添加一些甜的味道；

在忽暗忽明的星際
可以一起去寫那些未來的往事。一些
你覺得很美的惆悵；
或對著城市依舊的燈光說話

拂曉以前
我能想像你最美的形狀。
並且喟然嘆息，
獨自敘事
你的夢境。

然後，你俯身躺下
聽我說：
不准失眠。

（二〇一一年七月二十九日）

前進

有什麼驅使我們
蓄意去作漂泊，
讓意識投向遠方
並且經歷過幾個聚散，
一些熟悉與冷漠的錯落
並發現蘆葦迎風的淒涼，我們
可能是晚來的蜻蜓
在夕陽裡前進，我為你逆流前進
緣著風，哭泣；

並且，緣著風哭泣。

讓枯乾的河床氾濫眼淚，向遠方
投擲著我們的悲哀，假使
我們不必
活在過去的日記裡
我們是晚來的蜻蜓，飛翔
盤旋，出發，前進

重新一次的敘事，說明各自的故事
和生命的出發
；我們緣著風的上游
遺忘生命的舊傷

我們會是各自童年的蜻蜓
在不同的流域裡
隔著蘆葦花，向自己的方向哼著自己的歌
我們依舊前進。

（二〇一一年七月二十四日）

中途

我不太相信回憶，倘若
我們曾經有短暫的曾經
看蜻蜓在夕陽映照的水光上
製造一些波紋，而你也是我
此刻的水痕，在意識裡
構造一些閃爍的粼粼

別試探我的孤獨，過去
現在和以後，生命裡悲涼的水聲
漸小，幾乎因為以加速的心跳
想你在隱晦的聲音與符號中

此刻，月亮升起，李白的月亮
和淡色的月暈畫出我們的圓
我們隔著時間，相望
倘若你也在夏天的最末想起我
別試探我的孤獨？
在我生命的中途

暫時允許曾經的悲涼
隨你城市外圍的水域沉浮
你猶疑，但應可確定一個方向
在稀薄的愛與哀愁間
構造一次開始，請傾聽
此刻時間停頓，讓分別
錯過的男女，在某陣風裡相遇
在中途，發現遲來的星光
在微小的結構裡，充當我們的背景

沒有迷路的時刻
倘若你也喜愛那路上的金盞花或菩提香
傾聽，星星月亮運行的聲音
警戒卻友善的與陌生人交談
讓龜裂的心恆久不再受傷，
沒有孤單；而你也是
我的中途，我確定在地圖上標明的方位
沒有迷路的時刻
倘若你也確定

倘若你也確定
讓彼此如鯨豚在躍起的生命
追逐相互的意識，時間
從現在到以後，以幽靈般的書寫
以符號
以抽象具象的敘事，此刻

聲音幾稀，只剩微弱的心跳相和
生命的途中，你看見
金盞花在夏天的最末
開花。

（二〇一一年七月三十一日）

祕密

我可以祕密愛你嗎？愛你的喉結和我的一樣
愛你身上那些我都有的高山與湖泊景色
我的頭顱，你的蓄鬚
解開扣子讓祕密是夏天的陽光氾濫
淹過我的喉嚨，讓我們保密。

讓我們保密初春時花蕊的象徵
讓我們保密山澗流水潺潺的話語
讓我們保密，我可以祕密
那些我們都不說，
但是可以看見，我們的宗教

以彼此的身體為出發，
大力士一般抬起整個地球，
以你的身體……

你的身體是一個宇宙，
而我的也是，
所以我可以祕密愛你嗎？
讓他們那些異教徒都沉默，
讓他們
就這樣，不在意是不是了解

了解：
我愛你身上那些我都有的高山與湖泊景色。

（二〇一一年五月十三日）

那些年的錯過

「月球上可能有公路嗎？」
那些年，你是愛看月亮的小姑娘
總有時間讓我們用力看天空，
看星星，看月亮
我也可能欣賞你眼睛裡倒映的月，那是
李白不曾看過的風景，牽動我這些年來的痛覺
在絕望裡想念那些年的錯過

把自己淹沒在當下的絕望裡，想像
一些青色在我的腦海裡盤旋

什麼是天空的顏色，回到最初的起點
我在你面前依然那樣笨拙而幼稚，但有些夢
讓我們無悔，就像月亮的顏色
什麼擁抱，可以堅持住不要變化，如月的變化
如島嶼邊緣潮汐變化如恆
而愛情的變化就不再回來

如月的變化，明年，今年與去年
那些年，你是愛看月亮的小姑娘，把頭髮綁起來成為
讓風駐留的馬尾，敘說你連頭髮也那麼溫柔
誰與誰牽手看月亮
誰與誰又錯過了某一場電影或某一次流星
最後，才想起生命總是累積我們的錯過
但我並沒有忘記那些年夜裡，李白不曾
不曾看過的月亮，我把自己淹沒在絕望裡

在絕望裡想念那些年的錯過
李白不曾看過的風景，牽動我這些年來的痛覺
我也可能欣賞你眼睛裡倒映的月，那是
讓我們用力看天空，看星星，看月亮
那些年，你是愛看月亮的小姑娘，總有時間
「月球上可能有公路嗎？」

我想念，想念你天真的問句。

（二〇一一年八月二十一日）

在每個出口的地方出口

然後，我們在前進時等待
有時你覺得迅速，有時又漫長
天使們都在遠方拯救和你無關的人們
而我們總是遭遇到某些
某些糾葛的人事和悲傷的經歷
我們，我們正在經歷——

有時我主張，這些等到以後再說
現在請先聽我唱歌（也許音調或旋律
都不準確，但確定是我的真心……）

我們總在前進，等待一個出口
或很多個出口
沒有人再看見樹木的憂鬱，蟬的憂鬱，貓的憂鬱
讓白頭的鳥依然白頭不說話
我們等待出口，在出口的地方有一個新的方向
我主張，等待

然後揪著彼此看
看見生命的起承轉合，你看見
出口在出口的地方彷彿等待秋後樹木的成熟
看見：
　你是詩，你是我的完成。

（二〇一一年六月二十八日）

先後自大門口出來
——致小框

從鮮豔的時光裡循序離開
把腳步放慢，傾聽風的虛無
前方是正在形成的日光
沒有什麼可以止步，傾聽
相繼惆悵的痕跡
倘若那些虛無被發現
我們也許還能夠彼此對望，也許——

有什麼真理可供依憑
面對未來我們總是跼促不安
沉默思量，然後
我們總得
用目光丈量彼此生命的厚度
檢驗生命的價值與靈魂的永恆；

（二〇一一年七月十一日）

可能

你曾感覺到嗎？我已經變成你的樣子
變成你喜歡的蜻蜓／夢中飛行的狗
一條長長的影子浸泡在充滿哲思的煙灰缸裡
池塘裡夏季的草生長著那些可能的美好

你曾感覺到嗎？在偶然的衝突
那些預定的對話都不被實現，相信
哲學與詩繼續抽象地維持生命的高度
理論上，愛是完美存在宇宙空間唯一的白晝

可能的美好，我這樣反覆確認
確認彼此意識的形變，那些可能的未來的
尚未來到，讓具象地持續抽象轉化，象徵永恆的向度
你曾感覺到，那些必然的致命：可能的美好

可能：證明愛是恐怖，是美好，也是憂傷；

（二〇一一年六月二十一日）

我有憂傷

鳳尾草因熱因愛而枯乾焦縮了起來，
潺潺水流自我耳殼流過，
眼前的風景，是我烙下的虛無的
愁；他們不懂

老鷹警戒著天空，
雞群警戒著老鷹，
野兔警戒著草地裡滑行的蛇
我警戒著什麼？
或，你警戒著什麼？

愁，他們不懂

讓白雲注入一點厚重，
讓雨滴注入一點冰涼，
讓陽光稍微收斂一點或炎熱一點，
心的廣場，有些憂傷
駐留在那裡，也有雨漬
嘗試寫著過去的移痕

而我不知道該怎麼辦，

我有憂傷，
我悼念我的憂傷。

（二〇一一年四月二十五日）

告別（一）

曾經戀眷或憧憬的現在，確定
都已陌生，彷彿此刻
光明洞視那些黑暗
我心境沉穩相信
往昔的心識不再如鐘擺搖晃，那些細微的
我已經確定——

現在，我閉上眼
微抬頭設想那些分離之後的未來

一一辨認我們曾經敘述過的美好與詩
彷彿水湄邊叢生的野薑
那麼白，那麼純粹
卻又在黃昏時染上了鬱色
；我們彼此的眉間亦有鬱鬱
靜靜地包圍滿天稀薄的愁
或許你也能夠細數那些愁

或許你也能夠細數那些愁
但我已經失去成為你那些愁的權力

眼淚被帶進回憶的日記
還我一些相思
還我一些悲傷與歡笑

你，向我告別
像一聲清脆的風鈴
敲響了我沒有聲音的虛無。

（二〇一一年七月十七日）

告別（二）

最終是夕陽拉長疲倦的影子
（連帶我們也疲倦起來）
最終是樹影拘禁了許多陽光
（是誰拘禁了我們……）

時間的作態
有什麼在遙遠的、遙遠的
樹林邊界
告訴我們什麼時候該訕訕離去？

誰又為了生命的沉落……
等候誰來著？

我有時是廣闊的藍
在歲月中負載自己的重量，等候著你的虛無
我有時卻看見群鳥以雪白的姿態作勢
穿越時間，啊，作勢荒蕪了歲月
剩下的是我們帶著告別姿態的死亡。

如果我們告別
如果我把你放進眼角的
淚囊裡，
到某個雨季
釋出，你會是夢
一場歲月中不斷斑駁自己的夢

如果我們告別
誰總該帶著些淚痕的——

為了生命的沉落
為了輕鬆的記憶與遺忘……

誰總該把過去埋入虛無的掌紋
直到我們承認
我們彼此也是虛無
虛無成淡色而疲倦的影子
在時間裡拉長，
如果我們告別，
已經，沒有如果——

（二〇一一年七月十三）

佛前

此刻，那些陌生彷彿是完整的前生
你感覺靜默與神聖的交擊
前方，猶豫的神色不再猶豫
我們將匆匆留在遠方

如一本法華經翻開……
你也有莊嚴的故事，經過生命的水灣或漂泊的渡頭
一些更遠的市集和被遺忘的陌生
不期然的孤獨，你也帶著一些悲涼的虔誠
設想正要前去的未來，此刻

你感覺靜默與神聖共在
具現在你的意識，你說過我就能瞭解

或者，依然是此刻
當拂曉驚起鳥雀的南飛
只見浮雲與光帶著神性乍現，屏息
如當下寧靜的輝煌

那對我說，一些深沉與不變的故事。

（二〇一一年六月二十八日）

你的練習

有人問起了你／讓世界跟著也任性的你／然後就離開
我隱匿那些情事：在夏意盈盈的午後
四周安靜地像貓打盹，那樣慵懶／只有
陽光摧殘我們純粹的時間
有人問起／天地如蟬蛻去的蹁
顏色枯乾／讓我小立等待，那些盼望；

讓樹木輕顫下一片落葉如
你的眼睫／時光削出你嘴唇的美好弧度，此刻
風以最美的姿態現身，帶著重來的音符

乍現／只有你聽得見；
此刻，有人問起遠方的你
那些明亮的都明亮，清晰照映葉的脈絡
我心事的紋理；你看得見

有人問起了你／而我只是小立思索
空間中顏色聲音都聚集了
只有一些遲來的羞澀／依舊／片段／遲來
彷彿擊傷我的心事，猶豫著
在我們的歷史中傳一封簡訊給你。

（二〇一一年六月十八日）

你總會有情人的

你總會有情人的，像
多情的風眷戀於搖晃不已的樹枝
像眼睛閉上時
眼睫的交錯，像
白天撞上了夜晚，而你
總會有情人的

或許，在下一次呼吸的片刻

或許在多年以後
一艘遠洋破冰的船航過你掌心的愛情線
劃破你心頭的感傷，看見
鯨魚與鯨魚在浪頭嬉戲　繁衍
追逐明天的夕陽
重返創世紀的原初，上古的
肉體與精神在你
意志裡反撲，你總會有情人的
像，星座的瑩亮倒映
在水湄的彎處
所有的倦鳥都會回到牠們的巢居
而你，也會居上
某個人的心頭
所以，你總會有情人的
當嚴冬的氣溫退卻，

所有的符號和象徵都破敗不再有所指
宇宙裡所有他人的神話開始衰老
而你，你會感覺到自己的輝煌正要開始，

（二〇一一年二月四日）

卷五

飲世界之太和

哪日我們一起去撿松果

森林已經在那兒了，隱隱
水聲是雷聲引誘我們進入
多綠雕飾的宮殿，看，流水和
鳥的鳴叫是松林的玄關
什麼美好正棲息著，你有快樂
那就是一切

你有快樂，那就是一切
喜愛嬉戲的雲，和風，撥弄過松針的眼睫
試探空氣的溫度
你的溫度

偶爾你也有笑的樣子
像羽毛覆蓋的山鳥一樣燦爛
有著款款的溫柔是山林的戀眷
我們的腳印在日出的時候也掠過風的翅膀
偶爾你的神態也有熠熠發光的樣子

那時，我們已經進了林子
在松樹與松樹間
如兩隻松鼠，雀躍。

（二〇一一年七月十八日）

你知道我家的松針牡丹開花了嗎？

這個季節好像是你的季節，
明亮，耀眼而且從不缺乏歡笑
不必想像我的落落寡合，倘若
你同情；我也為你設想過
你的孤獨
但這個季節好像是你的季節
讓你睜大眼睛看
看見季節在時間裡的隱喻
偶爾也讓我為你寫首詩

春天的詩，或夏天的詩
讓心跳的形象無限接近花朵的燦爛

偶爾也讓我為你寫首詩
快樂的詩，或悲傷的詩
讓我們一起笑一起哭
看見隱喻在時間裡無限變化
那些隱諱的，曖昧的
你都瞭解
我也曾為你設想過
你的寂寞
但這個季節好像是你的季節
在斜陽和暖風中嬉戲
讓它們都蒼老，而你
如永常的恆星，在宇宙花園中
不再憂鬱如恆，顯然。

如永常的恆星，在宇宙花園中
不再憂鬱如恆，顯然
就是這樣美麗的季節
連我家的松針牡丹也開了花
你知道我家的松針牡丹開花了嗎？
（你當然不會知道，其實，我真想讓你知道……。）

（二〇一一年六月十四日）

花蓮，北濱的燈塔，二〇一一

可能是誰又喚起太平洋的日出
宿命的可能你依舊見得
陽光重新回來的時候，我也能在
石堤前方見到你高亢堅持的生命
期待著
東方水域的明亮，壯大出一日的燦爛
可能，這是時間中的必然，解識我們的憂鬱……
解識我們的憂鬱，那些可能發生的

或尚未形成的意圖，我們都能理解
海洋的水溫因為緯度及日光每分每秒在改變
但我們能夠堅持些什麼
這是我們的意志

通過風與時間的捕獵，在浪與暴雨的襲擊中
壯麗的意志，北濱燈塔你
依舊屹立如昔，
成守花蓮的北方海岸和我過去經歷風霜的記憶。

（二〇一一年八月十六日）

八月十三日蘇花公路見太平洋

總有些時候，我們彼此倉皇的眼神經過
破碎的記憶邊緣，追蹤尚未冷卻的風景
空氣中神祇也曾短暫降臨
告訴我們那些輝煌的過去
我們都曾經見證，並且歡呼彼此的青春

是的，彼此的青春

我們也能想像水族在廣漠的洋流裡招呼彼此
於興盛與滅絕中意識到當下的過渡

我們都在過渡，渡過歡愉與憂鬱的旅程
我們且不知殞滅的流星會如何又如何
在太平洋上空的風呼嘯過我們島嶼邊緣
我們憑什麼抵抗時間？抵抗那
生命濺起的水花，壯麗的可能
我們必然也有如太平洋偉大的意識，創造
神奇的瞬間，是生命的寓言
如注定滅絕的魚種燦爛輝煌，我們
我們必然有金黃色的黃昏
閃耀在整個西太平洋，我們確定

在生命思想的邊緣，
我們越過島嶼的高度，去敘事夏天
見證彼此曾經的青春
我們必然不知殞滅的流星會如何又如何

我們用愛以及意志抵禦時間，
我們渡過旅程的種種可能
，在此，我們敘事生命輝煌不再悲涼的必然。

（二〇一一年八月十六日）

八月二十日，台中市黎明路

讓一些早晨匆匆的神色讓街道也憂鬱著……

誰又經過誰又離開，那些年
的陌生，我看見
你的臉由柔軟轉為那遠古的青銅
冷硬撞擊我心中的神話，我行經
台中市黎明路，這條路
究竟有多長？

想閉上眼睛，確定黎明
什麼時候來？

確定我什麼時候走？
約定好的離開我會離開
如不知憂愁的白鳥，非越過沉重公路
我們，我們揮霍了自己的時間
那些尚未黎明的夜晚
我行經，我行經
路上的郵局，想寄信給遠方
你是消失的地址

我行經，我行經
黎明路上的市場，誰來販賣我的悲傷？
誰來販賣我的旅程？
我以漆黑的長夜療傷
未見黎明的黎明路，在早晨
你是消失的方向

沒有黎明
黎明什麼時候來？

（二〇一一年八月二十日）

二〇一一、告別、高雄

所以我們如何告別在夏季陽光殘餘的八月
說背負記憶的包袱離開，這樣膚淺的敘事
不符合我的美學，或者邁開腳步不回頭
平鋪直敘的賦法也該避免，給我們一些隱喻
貓的影子迅速掠過城市的街道
總有什麼依然留在愛河兩岸或下水道
你看見河面上，依然有什麼倒影
告別高雄，美麗的南方城市。

再來的時候又是什麼時候？
時間，季節沒有什麼期待

看夏天的光移開我的視線，把什麼東西留著
把什麼東西帶走
總有一個空間，相對於我以遠方
投之我什麼都沒有的記憶，或重新建構一些意義
感知，書寫，敘事。

生命裡總有一些平淡或惆悵的痕跡，
想像可能是正在告別的你
或還沒相遇的，未來的你。

（二〇一一年八月五日）

南方澳，二〇一一

再來的時候，彷彿陌生
生命尚未如夏天最末的溫度冷卻
而我卻已早在模糊的記憶裡失去彼此定位的座標
你曾經是我的定位，我旅程的中途
讓我的悲傷與疲憊休憩，那些海洋邊緣的鬆弛
讓我聽見水花嘩然在時間裡來回喧譁
我以礁石之姿抵禦那些前世的陌生

你可能依然是我的前世，書寫一些
悲傷和凝固了的情感思維來詮釋你
在此刻，在風中，在時間的流裡
我們看見彼此的改變，而你見證我稍微頹廢的額頭

你究竟會跟我說些什麼呢？讓我們
共同在旅程中抬頭觀察壯大的太陽挪移過
我們的夏天，我們的秋天
我們在時間流中依然有些期待，期待歡笑
和壯麗的意識在多災難的宇宙中
繼續綿延，你可見
我的前世今生，

今夕之變，
明日之生，
不斷在時間的流裡，再次讓我們彼此見到一些改變，
我們都變了，在這個
蘇花公路的起點，南方澳。

（二〇一一年八月十六日）

初鹿牧場，二〇一一

全世界所有的牧場可能都像這裡一樣
用綠色圈起一些真誠的夢想
真誠的讓我們看見
牛的美麗與憂鬱
用一些綠書寫生命，
用一些綠書寫生活，
寫一些你也有的期待，在那神似可能
看見你笑顏的當下

讓我們也可能覺得
應該圈養起自己的夢

在天空找一塊地
在意識，啊，意識的深處找個比宇宙還寬廣的空間
圈養一些笑
一些寂寞時慰藉的種種可能

（二〇一一年八月十六日）

二〇一一年七月二日
北上高速公路所見

想也有白鳥飛越過我們上空
帶着悲傷的情緒，而你已看膩了我的悲傷
那些虛構過往的敘事
我噙着淚想你，想那過往的一千個夕陽
你的美好

（清水服務區過去之後是大甲收費站）

一萬輛汽車經過，卻讓我經歷不過你的容顏
我是否在錯誤的車道，累積想你的里程

見也有白鳥飛越過車前擋風玻璃上緣
我在錯誤的速度趨向你的象限

有你的空間在哪兒？

我的空間
路肩停了輛紅斑馬警車，啊，警車
是否可以攔下我想念你的悲傷
啊，你已經看膩傷悲

想我也許該離開車道
帶着悲傷與錯從交流道下降

看着白鳥孤單飛向
不再悲傷的北方。

（二〇一一年七月二日）

玻璃瓶

芊芊，我以為
你的愛裝在玻璃瓶裡
但我伸手去拿
——卻將自己連同哀傷困進了瓶子。

（二〇一一年六月七日）

桌墊下的老照片

回到教室座位，想像這時
我還年輕
與你共同駐守時間
分享一些青春的哀愁
等待雲霧散去用年輕向
全世界宣戰；
即使錯過一些球賽的歡呼
錯過一些宿舍晚餐，在光陰的盡頭
我們看不到盡頭

與你共同駐守時間
分享一些青春的哀愁
想像有什麼溫柔和期待，空氣中
的昏黃必然是耀眼的真理或智慧，我們
沒有錯過任何一次快樂與憂鬱的書寫
在童年的廢墟裡長大，發出
輕微的聲音如兔子喘氣，那年
我們不覺得幼稚

錯過，與不曾錯過

全世界點點滴滴
以我們生長的速度改變
誰還能與我共同駐守時間，等待答案
等待光陰的雲霧散去？而我們開始蒼老
錯過許多，

我們覺得那些堅持的，可能幼稚
沒有青春，只有哀愁
我們錯過，
錯過成為桌墊下一張被遺忘的老照片。

（二〇一一年八月二十一日）

七夕命題，二〇一一

總有一些徵兆在宇宙開端之初，
你是星雲飄散在最美的星座邊緣，這是星際
最危險的相遇，並且，我們
並確定那時讓春天於不合時宜的時候降臨

總有什麼會讓我們約定的，
恐怕是風，是雲或更多情的雨，以城市裡的一場電影
（恐怕，你是欠我一場電影，而我欠你爆米花……）
如行星與行星的運轉，在突來的太陽風邊陲
誰也會被訝異到，但總有一些徵兆
在我們認識的最初

那時我們惆悵微笑，
說，我們的生命太短，
而銀河太長。
（我們的愛怎麼能夠挑戰宇宙的寬廣？）

（二〇一一年八月四日）

挨過七夕

請告訴我，我們怎麼渡過沒有星星的七夕
潮水在城市外圍的海岸線湧動
拍打著空虛我能想像，想像
秋季的花生長出一些悲傷讓天空受了些創傷
你我也有各自想念的人，讓我們
面對著空氣感受今天的冰冷
今日，我們不宜談論感情
今日，我們不宜談論感情
甚至，我們不宜活著，在沒有情人的日子

對鏡整理自己的容顏，
看見自己為了誰而憂鬱蒼老？
眼神在鏡中試探自己的靈魂，挖掘一些自己的美好
暫且忘記，你我綿密和有一些色彩
的過去。今日，我們不宜活著
在呼吸中，我們試圖死去，死在
傳說牛郎織女相聚的日子
（他們相聚只是傳說，但我和她的相聚則是……）

然後，你還是聽見空氣中激盪什麼
讓你回憶起過去的儼然，一些男孩子的美好
你問我：已過卯時，算不算挨過七夕？
我說，我不知道，我只知道我好想她。

（二〇一一年八月六日）

七夕不雨

也許你可能說，為何七夕不雨？
這個晚上，天上也沒有星星
怎樣我就能夠感覺
你居住的城市天空都被膚淺的悲涼遮蔽住了
誰能見證愛情，或我不知為了什麼跳動的心
為何天空要為千百年前牛郎織女的愛情見證
那些悲傷的眼淚？
（也許他們麻木於悲傷，都不流淚了……）

收起你預備好的雨傘，今晚，可能只有我的眼淚
落在我擺放詩集的案前
今晚，我不為詩集墜淚而為總是為你隔絕遠方而哭泣
背對著無限焦慮漆黑的天空，我知道
沒有什麼可能值得我等待
想像，秋天就這樣來這樣走
如同沿著你居住城市之外的海灣，拍打的那些浪花潮汐
（我們這樣來，這樣走）

想像，此刻
你沒有表情
也沒有聲音
愛情像他們一樣，
擱淺在我們看不見的天際銀河邊。

（二〇一一年八月六日）

後記　我們無法理解到詩的心事和我們的心事

我曾經以為詩可能是信仰，是一種至高的美善，縱使我追尋不到……。

知道那些可能的美善必然存在，但卻也曾經動搖，沮喪地背離那些隱喻，而且背離一些感情。

等到現在，我確定我的沮喪其實也可能是一種追尋。

待我發現某些機緣，重新關注詩這樣的美好，發現詩是凸顯我們對於生活世界現象經驗的表達，透過意識思維之真，讓我們看見人類情感的美善，看見我們所處生命現象的本質，即使悲傷的現象，悲傷如夕陽的紅……

通紅的西邊天際帶給我們無限悲傷。

通紅的東邊天際卻給我們燦爛希望。

是情感在生活世界的現象去詮釋那些、闡發那些我們平常習以為常的可能，如果我們沒有情感，沒有心事，我們大概也無法寫作、無法寫詩了！情感讓我們看見寫作之神的行徑。這樣的真理我們看得見，那些經歷種種悲哀、快樂或細微的喜悅以及淡漠，有情無情的種種心緒，在文字裡化為隱喻、化為象徵，比真實更真實地對我們訴說，是的，對我們訴說，包括我，也包括你，我們在文字中亟欲尋找的，正是生命的象徵，情感的象徵，對於整個大宇宙的隱喻。

可是，我們如何？如何去掌握那些隱喻的、象徵的，或者陌生的意象？能捕捉到並輕鬆並訴諸為文字的，多半已經是具象或者習以為常的字句，詩人所追求的，卻是更創新、更陌生，彷彿可以將彼此相愛的戀人轉化為十年不見的陌生人那樣的「陌生化」，讓人驚奇、也讓人動容或者心碎的意象。我們是注定對「詩」陌生的，對詩人的心事陌生，也對自己陌生，假如我們沒有亟力去瞭解那些能凸顯宇宙間最獨特的人類意志及人類情感的徵象，我們不但不會理解詩，更無論理解彼此的心事，你的心事，我的心事。

是什麼引導我們的心事轉化為詩？

一言情，一言志。

種種歷代詩論都將詩的發端歸於抒情與言志兩類，然在我這本《我的心事不容許你參與》詩集裡，我想更集中在抒情的部分，這是我的秘密，我的心事，我細心地將之轉化為象徵、符號，種種熟悉或陌生的意象，以音樂性、結構性貫穿文字，讓長短錯落的字句都有它們的位置，我如同一宇宙之神，在我詩的小宇宙中，排列文字的星圖。

虛構的星圖。縱使虛構，其中必然有什麼樣的意義存在。

無論什麼樣的詮釋、什麼樣的看見，詩的主旨，確定每個人都能有所感受，有所發現，我期待有人，有人能共同看見，如在臺北、台中不同的城市，仍然能共有同樣的星空那樣，我們擁有能互相聯繫彼此的星圖，我相信。

但願，我相信。

我也相信，詩的星圖透過象徵能凸顯感情的真摯。我最喜歡的意象不是令人驚悚、驚喜的意象，而是能夠呈現思維之美，情感之真，以及生命價值之善的意象，我想把這些放在詩文字裡最顯眼的位置。寫詩不正是呈現這些真實嗎？

仍然是抒情，仍然是真實與美善，那些我們都能發現。

「愛」則是貫穿這本《我的心事不容許你參與》的抒情主題，或許有些悲傷，如冰涼水湄邊的蘆葦，兀自迎風——

你可能是我在「蘆葦地帶」等待的心事，或許你卻是「蘆葦地帶」的旁觀者，或許「蘆葦地帶」僅是追隨中國詩文化傳統至現代以來的一種想像，但「蘆葦地帶」的象徵揭示長久以來，人類追逐愛情的真誠情感，即使是悲哀的，不也帶著某種美善的可能？

而詩除了美善還必須強調情感之真，但真實卻不是平鋪直敘所能唾手可得，在文字符號的磨合，錘鍊，架構，我們冀希尋找一種有機的、合理的形式（有時我們可能也需要不合理的形式），尋找豐富多元的隱喻，尋找能夠固定長久的象徵，我們必然在文字裡尋尋覓覓，找尋那些真實，找尋那些可以凸顯真實的確切符號，這是我們的象徵。

我們不一定可以找到最完美的象徵，形諸最完美的意象，難免有時我們會因此而悲哀沮喪，但我們仍期待能藉著不斷向完美詩作挑戰的象徵能呈現我們的真實，我們的情感，兌換我們最表述最真切、最美善的抒情之渴望。

這幾個月來的寫作量遠超過過去我最頻繁創作的數量，我自己也很難想像在年過三十以後，還能夠如此寫作。我一方面覺得暗自驚喜，但一方面也省察自己自己的變化。朋友們可能會覺得楊寒的作品是抒情的，在前一本詩集《與詩對望》當中，確實有抒情的部分，但抒情的部分，除了個人真實的生命經驗，有一些因素是追隨《詩經》以降抒情的詩文化傳統，這是歷史以及我生命經驗所帶給我的影響，有一部份原因是「姿態」。

「樣貌」與「姿態」可能是讀者的最初印象。我想除了「意象」之外，在前一本詩集當中，詩的「姿態」是我重要的課題。意象無疑是詩最重要的部分，但意象可以是美的，也可以是醜的，令人不悅的，過去的我在意象、結構及音樂性外，特別重視詩的「姿態」經營，希望我的詩是美的，有純粹、凝重的姿態。現在讀起過去的作品，有些作品會令我覺得似乎太過了些，太重視藉由文字、結構所形構出來的姿態，有時會令現在的我覺得稍微發窘。

不知當時的我怎樣想，但現在我知道，感受現象與意識之真實並不一定是相同的，現象之真實與詩之真實，而詩之真實毋寧更接近意識情感之真，最後我注意到詩的「真實」，詩的「真實」必然表現在「緣情」的抒情傳統中，但我們必須精心計算心事情感和象徵的關係。

計算心事情感和象徵之間的衡量，太過著重情感則過於濫情，過於重視象徵卻難免僵化。但我確定詩是為了人而寫的，為了自己或者他人而作，更是為了情感而寫，無論是親情、友情或者愛情，還是對於不熟悉與陌生的人事物發出喜悅、同情或悲憫的情緒，詩的萌芽必然是緣情而發，但詩卻是恒久的，直到作者情感淡薄了，甚至作者老死，詩卻還能流傳下來……

生命短暫，而詩可以活得比我們更久，即使是一種爛詩。死掉的詩是不存在的，只要我們閱讀，詩都可以馬上為我們展開它的心事。

「愛」則可能是我們人類共同的心事。

你可能知道這本詩集必然收錄了我的真實，在那些疊疊層層架構的象徵與符號之間。詩，是必須要追尋的，就像我們不可能一眼就看穿這個世界，一眼就能夠完全認識站在我們面前的人一樣，詩這樣一個世界，也是將我們想知道真實隱藏在符號與象徵之中，製造陷阱讓我們迷惑，讓我們誤讀。

現實不也可能讓人迷惑嗎？讓人誤讀嗎？

在可想像的天地之間，我們對於我們所感知的日月星辰，令人哀惋的人事物，也必然讓我們迷惑不已，如此一來，我們怎麼能責怪詩人將真實隱藏在符號象徵之夏讓我們迷惑，並且這樣的迷惑，讓我們覺得詩是動人的，詩是具有美與善的。我也想去追尋這樣美與善的詩。

到底怎樣追尋這樣美與善的詩呢？

未知的心事持續在構築我們追求詩的真善美，我無法肯定我的極致，更無法肯定什麼是詩的極致真實與美善。但我肯定我們都是在龐大詩美學宗教下的信徒，因為我們有愛。

來到敘述「愛」的心靈深處，去溝通、去闡釋、去發明愛。在象徵中讓愛具象出來，讓愛被看見，但我沮喪以為，如果我們無法去關注到那些符號或象徵的迷人之處，我們就無法理解到詩的心事和我們的心事。

2011/9/29 pm10:15

讀詩人09　PG0683

釀 我的心事不容許你參與

作　　者　楊　寒
主　　編　余境熹
責任編輯　黃姣潔
圖文排版　楊尚蓁
封面設計　王嵩賀

出版策劃　釀出版
製作發行　秀威資訊科技股份有限公司
114 台北市內湖區瑞光路76巷65號1樓
電話：+886-2-2796-3638　傳真：+886-2-2796-1377
服務信箱：service@showwe.com.tw
http://www.showwe.com.tw
郵政劃撥　19563868　戶名：秀威資訊科技股份有限公司
展售門市　國家書店【松江門市】
104 台北市中山區松江路209號1樓
電話：+886-2-2518-0207　傳真：+886-2-2518-0778
網路訂購　秀威網路書店：http://www.bodbooks.com.tw
國家網路書店：http://www.govbooks.com.tw
法律顧問　毛國樑　律師
總 經 銷　聯合發行股份有限公司
231新北市新店區寶橋路235巷6弄6號4F
電話：+886-2-2917-8022　傳真：+886-2-2915-6275

出版日期　2012年1月　BOD一版
定　　價　320元

Printed in Taiwan

國家圖書館出版品預行編目

我的心事不容許你參與 / 楊寒著. -- 一版. -- 臺北市：釀
出版, 2012.01
面；　公分. --（語言文學類 ; PG0683）
BOD版
ISBN 978-986-6095-70-2（平裝）

851.486　　100024868

讀者回函卡

感謝您購買本書，為提升服務品質，請填妥以下資料，將讀者回函卡直接寄回或傳真本公司，收到您的寶貴意見後，我們會收藏記錄及檢討，謝謝！
如您需要了解本公司最新出版書目、購書優惠或企劃活動，歡迎您上網查詢或下載相關資料：http:// www.showwe.com.tw

您購買的書名：＿＿＿＿＿＿＿＿＿＿＿＿＿＿＿＿＿＿＿＿

出生日期：＿＿＿＿年＿＿＿＿月＿＿＿＿日

學歷：□高中（含）以下　□大專　□研究所（含）以上

職業：□製造業　□金融業　□資訊業　□軍警　□傳播業　□自由業
　　　□服務業　□公務員　□教職　□學生　□家管　□其它＿＿

購書地點：□網路書店　□實體書店　□書展　□郵購　□贈閱　□其他

您從何得知本書的消息？
　□網路書店　□實體書店　□網路搜尋　□電子報　□書訊　□雜誌
　□傳播媒體　□親友推薦　□網站推薦　□部落格　□其他＿＿＿＿

您對本書的評價：（請填代號　1.非常滿意　2.滿意　3.尚可　4.再改進）
　封面設計＿＿　版面編排＿＿　內容＿＿　文／譯筆＿＿　價格＿＿

讀完書後您覺得：
　□很有收穫　□有收穫　□收穫不多　□沒收穫

對我們的建議：＿＿＿＿＿＿＿＿＿＿＿＿＿＿＿＿＿＿＿＿

＿＿＿＿＿＿＿＿＿＿＿＿＿＿＿＿＿＿＿＿＿＿＿＿＿＿

＿＿＿＿＿＿＿＿＿＿＿＿＿＿＿＿＿＿＿＿＿＿＿＿＿＿

＿＿＿＿＿＿＿＿＿＿＿＿＿＿＿＿＿＿＿＿＿＿＿＿＿＿

請貼
郵票

11466
台北市內湖區瑞光路 76 巷 65 號 1 樓

秀威資訊科技股份有限公司 收

BOD 數位出版事業部

(請沿線對折寄回，謝謝！)

姓　　名：________　年齡：____　性別：□女　□男

郵遞區號：□□□□□

地　　址：________

聯絡電話：(日) ________ (夜) ________

E-mail：________